岩棚のにおい
重川治樹

装　丁　みやしたともこ（デザインポット）

# 岩棚のにおい

情婦。情婦ってなに。ほとんど聞いたことのない言葉。死語。でも、それがこの物語のキーワード。曖昧な事柄や詩的な感性が保たれる基盤が悉く平坦になってしまう今の時代にあって、あり得ないことが、どうやら現実に起こっている。偶然というにはいろいろ辻褄があっていて、起こるべくして起こったと言ってよいだろう。

常識も分別もある男の新聞記者二人がほぼ同時期に奈落の底に転落し、人生が滅茶滅茶になってしまった。ある存在の禁忌を犯して逆鱗に触れたとしか思えないのだが、現実の出来事として提示しても荒唐無稽と眉唾物の扱いを受けるだけだろう。

私は飲み屋の女将だが陶芸、占いにも手を染めている。しかし誰にも話していないが、元々は作家志望である。二人の新聞記者には気の毒だが、偶然知ったこの摩訶不思議で魅力的な話を拾わぬ手はない。格好の材料として私の小説作品に仕立て上げる試みに挑戦している。小説の形にすれば、奇怪な現象が収まりよく俯瞰できるだろう。しかし、いつしか自分が書いている舞台に登場人物として入り込んでしまった。どこまでが亜逸多扶紫季《あいだふしき》に聞いたことで、どこからが自分の創作なのか混沌としてきた。これから先、どのような展開になることやら。

「しおじ」の彩《あや》

## 〈1〉テロップの破壊力

皇居の濠に、通り一本を隔てて面した千代田区一ツ橋の8階建てのM新聞社本社ビル。深夜、遥かかなたから吹きつけてきて社屋に打ち当たる生ぐさい南西の風に微かな潮の香、菊の匂いもまぎれ込んでいる。ビルで働いている亜逸多扶紫季に向かう恐ろしい風なのだが、当人は、そのことを知らない。

朝刊の最終版である東京都内23区向けの14版の編集作業は終わりに近づいていた。午前1時少し前、4階の編集局の中央に陣取る整理部は遠隔地用に朝夕刊を合わせてひとつの紙面にした統合版である7版から始まって10版、新12版、セット地区用12版、13版と続いてきた長時間の紙面作りの緊張から解放されつつあった。

部員たちは面担ごとに、どの記事が何版から入ったかを記録する帳付けを行いながら思い思いに机の上の片付けを始めている。日替わり当番の部員たちは打ち合わせ用のテーブルにゴミ箱から引っ張り出した点検用の新聞の破棄コピーを敷き詰める。買い込んで冷蔵庫に入れてあったビールやつまみを並べて〝15版〟の酒宴の用意である。

ほとんどの読者は新聞社に整理部という編集担当部門があることを知らないわね。取材記者が記事を書くとそのまま〝自動的に〟新聞になると思われているけれど、その〝自動的に〟の部分が整理部の仕事の領域になる。ひとつひとつの面を部員が担当して取材部から記事を受け取り、価値判断をして扱いを決める。レイアウトして見出しをつけ写真を配置して紙面を完成させるわけ。私も店の客の扶紫季に説明してもらって分かりました。

政治、経済、外信の各部を包括する整理部の硬派グループにあって一面担当の扶紫季は翌朝の夕刊担当者への引き継ぎノートを書き始めていた。突然、編集画面に通信社から緊急テロップが入ってきた。「A新聞社政治部の記者、大造寺珍人《だいぞうじまれひと》氏が国会見学中の小学生女児に猥褻行為を働いた容疑で逮捕された。A新聞社は即刻、大造寺記者を解雇した」

扶紫季は全身が凍りつく。呆然としてテロップの字面を何度も何度も目で追う。たった3行の速報が数百行の記事に匹敵する厖大な思いを吹き上げた。

「おーっ、こりゃなんだ。えらいこっちゃ」編集局の中央通りを挟んで隣り合った政治部のデスクが目がまん丸になった顔をこちらに向ける。整理部の硬派、軟派両グループから同時に歓声が上がった。政治、経済、外信、社会の各部でも収まりかかっていた熱気が再燃する。各々のデスクの画面に部員たちがかけ寄って取り囲む。めいめいが興奮して声高に喋り合い、広い編集局にどよめきが広がっていく。

驚くのも無理はない。代々外務省高官を輩出してきた大造寺一族を知らぬ新聞記者はいないだろう。その高名がストレートに低劣な事件名と結びついた衝撃。あまりといえばあまりの降って湧いた凶事である。

扶紫季はうるささに耐えかねて席を立つ。騒ぎを背後にして湯沸室に入り、冷水器のペダルを踏んで水を飲む。ひとごこちつくと大造寺珍人の巨体と学者のような風貌が脳裏に蘇ってくる。

「なぜ、いったいなぜ大造寺が。そんな馬鹿な、何かの間違いではないか」判断停止状態の頭の中からテロップを消し去ろうとしても、3行の意味の重さが全身にのしかかってくる。湯沸室に入ってくる人の気配がしたので、編集局の廊下の突き当りのトイレに移動する。

トイレの開いている窓から一陣の生ぐさい風が吹き込んできた。潮の香と菊の匂いもまぎれ込んでいる。あ〜、これはT市・半島の岩棚のにおいだと思う。生ぐさい風はつむじ風のように扶紫季を包み込む。「扶紫季、扶紫季」かすかな声、息遣いが聞こえたような気がする。

入社して最初の赴任地であるT市・半島のM新聞社支局で扶紫季はA新聞社支局の大造寺と共にT警察署担当であった。やんごとない一族の一員である大造寺と一介の庶民の子である扶紫季は別世界の人間同士だったが、結構気があって仲の良いライバルだった。酒食を共にしたり、警察取材でも、それぞれの特ダネ以外は情報を共有して助け合った。185センチの巨体の肩から広角、望遠のカメラ2台をぶら下げ、資料や様々な道具を入れてふくらんだショルダーバッグ。度の強い黒縁眼鏡をかけた顔、太目の声で早口の喋りや笑い声がくっきりと思い出された。そして記憶の底に封印してあった二人共通の痛恨の思い出の女、山緑《やまみどり》美波《みわ》。

そこまで思い出した時、扶紫季ははっとした。様々な相談事をしてきた飲み屋「しおじ」の女将、彩の言葉が突然蘇ってきた。

「不吉な翳りと岩棚のにおいがあなたをすっぽり覆っている。まだ何かが起こりそうだ。山緑美波の思いをあなたは分かっていないのね」。半信半疑というより冗談、ざれごとと受け流していたが、不吉な翳り、岩棚のにおいとはこのことだったのか。今現在でも、まさかという気持ちの方が強いが、3行のテロップの破壊力によって並の常識や妥当性が吹き飛ばされてしまってみれば、芝居がかっているると思えた彩の言葉が次第に現実味を増してくる。

妻から突きつけられている離婚、二人の子供のこと。他に相談する相手もなく彩に話を聞いてもらっている時、「困りごとは、それだけでは済まないわね」彩は遠くを見るような謎めいた表情で口を開き、そして、いきなりの託宣だった。それにしても美波の思いとは何なのか。

扶紫季といろいろ話をしてきたが、T市・半島で二人が遭遇した痛恨の思い出と現在の窮状を聞いて、私の霊感が働いた。このままでは済まない、まだ何かが起こりそうだとは言ったけれど、まさか大造寺さんが猥褻事件とはねえ。

トイレの窓を閉める。様々な思いを断ち切ろうと深呼吸を繰り返して心を鎮める。扶紫季は面担の席に戻ったが、どよめきはまだ続いていた。

「とても信じられない。何かの間違いじゃないか」「しかし、もし本当のことだとすれば、A社はなんと素早くトカゲのシッポ切りをするものよ」

本日の朝刊担当の最高責任者である編集局次長が扶紫季の隣の整理部長席までやってきて第二整理部長に苦笑いと共に話しかける。

「まさか輪転機の停止ベルじゃないよな」

「いいや、かまわんから、この際やってやりましょうか」局次長を斜め下から見上げて第二整理部長は真面目な顔で右手でボタンを押すまねをする。

局次長は、まあまあというように第二部長の肩を叩く。「まいったな〜、A社の大造寺が痴漢だと。親父はよく知っているが、大変なことになった。一体世の中どうなってんだ」ごま塩頭に両手の指を突っ込んで髪をくしゃくしゃにしながら自分の席に戻っていく。
第二部長は扶紫季に向かってタコのように口を突き出し大仰に肩をすくめてみせる。整理部長席の机の最上段の引き出しには普段は封印されている特別のボタンがある。戦争勃発や大事件、大事故発生の際、ボタンを押し大音量のベルを鳴らして全国の印刷工場で新聞を印刷中の輪転機を止める。新たなニュースを入れた紙面を作り直して刷り直すためである。全社中に響くと言われるベルを鳴らすことには大変な責任が伴うので滅多なことでは実行されない。扶紫季もこれまで聞いたことはない。

どんな大音量なのか私も一度聞いてみたい。高速回転している輪転機を緊急停止するって、きっとすごいことなのだろうな。

輪転機停止は大造寺の事件程度では全く論外なのだが、局次長はベルのことを思い浮かべたくらいショックを受けたと驚きをぶつけにきたわけである。
本日の朝刊担当メンバーには扶紫季がかつて大造寺と一緒に警察回りをしていたことを知っている人間はいないようだ。余計なことを聞かれずに済んでほっとする。

## 〈2〉押入れが寝床

六畳間に付属する暗く狭い押入れに敷いた布団の中で扶紫季は目を覚ます。小学1年の長女と年子で幼稚園児の長男がぐずったりはしゃいだりして駆け回る。乳児の二女の泣き声も聞こえてくる。「お父さんが寝てるでしょう」「静かにしなさい」時折、声を押し殺した妻の叱責が混じる。しばらく洗顔、トイレ、食事と朝の行事の音がにぎやかに続く。「いってきまーす」という声が玄関を出ていくと、やっと静寂が戻ってくる。

今朝方3時前に会社からハイヤーで文京区の根津神社前の社員寮に帰ってきた。4階の家族寮の我家まで足音をしのばせて階段を昇った。子供たちの寝息を聞きながら押入れの寝床に潜り込んだが、すぐには寝つけなかった。仕事のあとの酒宴で多めに飲んだ酒も眠り薬代わりにはならない。テロップ騒動のあと、毎晩寝ようとすると大造寺のことが思い出される。今は大造寺のことは忘れて眠らなければと思っても、支局時代の様々な出来事が去来して目が冴えるばかりである。「羊がいっぴき、羊がにひき」羊をかぞえてやっとまどろみ始めた頃に子供が起きだしたので、うとうとしかできなかった。朝刊勤務の時は毎回同じである。

睡眠不足は扶紫季だけのことではないようだ。他の社の新聞記者にも聞いたけれど、日本の新聞は大方が一社で朝刊、夕刊の両方を発刊しているので、記者は時間制限がないに等しい滅茶滅茶な使われ方をする。「新聞記者は体力勝負。頭なんぞからっぽでもいい」と冗談を言い合うほどの激務だそう。それに加えて幼な子のいる記者は慢性的な睡眠不足にも悩まされているわけである。

東京本社で入社したものの、扶紫季は希望もせぬのに地方本社管内の支局に配属された。地方支局、地方本社と5年間地方暮らしを続けて一昨年、東京に戻ってきた。大造寺はその2年前に特別待遇ということで支局から直接、東京本社政治部に転属していた。

大使館街である品川区御殿山の扶紫季の実家は樹木に覆われた四百坪の敷地があり、小さな池に面して落ちついたたたずまいの木造二階家が立っていた。隣のミャンマー大使館、原美術館その他の広大な敷地に囲まれており、御殿山の街全体が都心とは思えぬ静かさに包まれている。

扶紫季の父は早くに亡くなり、母方の祖父母の家で育てられた。母親は夫代わりに頼りにしてきた扶紫季が地方支局に配属されて離れ離れになることに衝撃を受けて落ち込んだ。支局へ赴任の日の朝、祖母と二人で品川駅まで見送りに来たが母親は涙が止まらず、別れの時も目と目をしっかり見交わすことができなかった。断腸の思いと未知の世界へのときめきが悩ましく心の中で交錯した。

「新幹線に乗ればすぐなんだから、ちょくちょく帰ってくる。あまり悲しまないで」と声をかけるのが精一杯だった。母親はほどなく体調を崩して寝込み、亡くなった。祖父もすぐ後を追ったので、扶紫季が実家に戻った時は祖母一人だった。

かわいい盛りの曾孫二人を迎えて祖母はとても喜んだ。ほとんど子供を見かけない街だが、子供たちは小公園のような庭の中で隠れんぼや木登りをしたりオタマジャクシをすくって心ゆくまで遊ぶことができた。しかし二女を身篭って大きな腹をしていた妻と祖母はそりが合わず、子供たちの世話に加えて祖母の面倒まで見ることになり、妻はノイローゼになった。「もういや、なんでもいいからこの家から出たい」と悲鳴を上げた。

都内に実家のある社員は社員寮には入れない決まりだったが身重の妻が危険だと上司を通して厚生部にかけあってもらい、特例として根津の社員寮に入居できた。

社員寮は東大グラウンド下のS字坂の途中にあり、坂道をはさんで根津神社の広い境内と向きあっていた。5階建てのおんぼろビルの1～4階が家族寮で16戸ある。5階は独身寮だが、一部の部屋は家族寮の倉庫代わりに使われている。家族寮は地方からの出向組が多くて絶えず入れ替わり東京組も新居を購入すると出て行く。社員寮にありがちな閉鎖的な人間関係のわずらわしさはなく、皆あけっぴろげで長屋のような雰囲気である。緑も遊び場も充分の恵まれた環境で子供たちはたくさんの友達ができて公園で、根津神社で、東大キャンパスでと走り回って遊ぶことができた。会社まで地下鉄で20分という地の利の良さも魅力だった。

転居してすぐ妻は二女を出産。元々狭い2Kの間取りに二女のベッドが入って五人家族であるから必然的に勤務時間が不規則で常時寝場所を確保したい扶紫季の願いは叶わない。やむを得ず押入れの荷物を5階の倉庫に運び上げて、押入れ下段に寝床を確保したわけである。広々として豪華な造りのどの部屋も使い放題だった実家に比べるとまるで犬小屋だが、子供たちと一緒の住み心地という点では社員寮の方が上と思えた。みっともないので他人様には話せないが、押入れの寝床に格別不満はない。

扶紫季は子供嫌いだと思っていた己が実は子供好きだったことが分かって我ながら驚いている。御殿山では近所付き合いは殆どなく子供同士で遊ぶ姿も見られない。親戚が少ないうえに一人っ子だった扶紫季は子供に触れる機会が少なく、地元に友達もいなかった。そのせいか結婚しても子供が欲しいとは思わなかった。しかし妻が「1ダースぐらい子供が欲しい」と主張、長女、長男と次々に生んで次は二女、またたく間に三人の子持ちになった。

子供ができてみれば全く予想外に楽しかった。運動能力が抜群で特に水泳が得意な長女、内向的で絵本を読んだり物語を作るのが好きな息子、色白で西洋人形のようにつぶらな瞳の二女。休日はもちろん時間が一定しない通常の勤務の日も時間が許す限り子供たちの相手をした。本を読み聞かせゲームをし歌を歌ってだっこにおんぶ。食事をさせ風呂に入れて着替えもさせる。時には寮の他家の子どもを混じえて五、六人を引き連れて東大グラウンドや公園でかけっこ、ローラースケート、セミとりをさせた。じっとしていることがなくて絶えず飛んだりはねたり、大声でしゃべり歌い泣く。汗くさくベタベタした髪、手足、体。子供たちと触れ合いながら、ごちゃごちゃと一緒にいることが楽しく豊かな気持ちでいられる——そのことの発見が貴重だった。

子どもたちとの生活が心地良いから豪邸はいらぬ、ボロ社宅の押入れの寝床で結構か。私は子どもがいないけれど、なにか分かるような気がする。でも、気の毒だけど、そんな子供好きだからこその窮地が、この先に待ちうけているのである。

## 〈3〉妻の子捨て

「あなたの宝物の無垢でかわいい子どもたちがピンチなのよね。仲のいいライバルというのも妙だけど、A社の大造寺さんもそんなことになってしまって……」東京駅八重洲口前のビル2階にある飲み屋「しおじ」は開店直後で客は扶紫季だけである。早朝に自ら築地で仕入れてきていた魚を捌きながら彩は言った。袖まくりした白い両腕、両手に切り傷や火傷跡がたくさんあり痛々しい。

30歳前という彩はうりざね顔の美形であるが地味な和服を普段着にして引っ詰め髪で化粧もしていない。切れ長の目は目の前のものに焦点が合っていなくて、いつもどこか遠くを見ているような不思議な雰囲気をかもし出している。その顔が誰かに似ている——最初に会った時から気にかかっている。

店の経営者が陶芸家で、弟子入りした自分の娘といえるほど年の隔った彩を愛人にしてしまった。彩は陶器作りだけでなく「しおじ」の女将として店も任されている。陶芸家には妻がいるが離婚状態で、彩に何もかも頼っているらしい。彩の料理の腕前は味にうるさい店の客に一目置かれるほどのレベルである。陶器作りでは師匠を超える力量と言われ、様々な美術館で買い上げになっている師匠の作品は実は彩の作だという噂もある。一日中、陶器作りや料理に精出すので腕と手の生傷や火傷が絶えないのだという。

陶芸家は扶紫季の会社の上司と同じ大学の同窓だ。「おもしろい店がある」と上司に連れて行かれたのを機に、扶紫季も時々「しおじ」に顔を出すようになった。

「上二人を捨てて一番下の幼いお嬢ちゃんだけを連れて出ていくというのは余程のことだね。あなたは飲む打つ買うはやりそうになく、DV男、変態でもないし」手際よく魚を切り分けながら彩は、ほっと息を吐く。

「でもね、何か変だよ、おかしい」強い語調になって続ける。

「妻は絵描きでいつも描いていたい人間だ。地方回りが続いたうえに次々に子供が生まれて子育てに忙殺されて絵が描けないことが離婚を言い出した原因らしい。あなたはそう言うけれど、おかしいよ。本当はそんなことではないでしょう」

「あなたは追い込まれて内心、泣きべそをかいているんじゃない。本心でもないのに、物分かりのいい妻の代弁者みたいな口をきくのはやめたらどうなの」包丁の手を休め、俎板のそばに置いてあった自分用のコップの酒を一口飲む。

「子供の問題も大変だけれど、あなたにまとわりつく生ぐさいにおいが強くなってきているのよね」作りたての刺身を盛った皿を扶紫季の前に押し出した彩は調理場の窓の外に目をやる。

「妻の代弁者のような嘘っぱちはやめろ」と図星をつかれて息が止まりそうになった。本当のことから目をそむけようとする己のいいかげんさ、ひ弱さが暴かれてしまった。己がなんとなく曖昧にしているあたりもお見通しなのかもしれない。彩は料理も陶芸も玄人はだしだが、霊感が強く手相見のようなこともしているらしいと上司が言っていたのを思い出す。


扶紫季の妻の異変は相当なものだ。常軌を逸している。これには男がからんでいるに相違ないと私はにらんでいる。扶紫季がその事実を知らずに的外れの理屈で妻をかばいだてしているのならおめでたい。知りながら男のプライドから事実を認めたくないのであれば傷が深くなるだけだろう。しかしそれだけのことではなさそうだ。尋常でない事態の進行を注意深く見極めなければ。

子供たちが家を出て暫らくしてから押入れの寝床からはい出した。寝不足だが頭は冴えている。子供たちが帰ってくる前に決着をつけたいことがある。隣室の窓際のベッドで二女はよく眠っている。「お早よう」襖を開けて扶紫季は妻が水仕事をしている台所に入る。テーブルの定位置に坐るが一人前だけ残してあるスパゲッティを食べる気がしない。

「お早よう。今朝はどうしたの、ずい分早起きじゃないの」流しに向かったまま妻がこたえる。「スパゲッティを食べる気がしないなら、お茶でも入れましょうか」いつも通りの朝の会話である。

「お茶もいらない。話があるので仕事が一区切りついたら、君も坐ってもらいたい」重苦しく滅入りそうな気分を奮い立たせて切り出す。「あなたの宝物の子供たちがピンチなのよね」「妻の代弁者みたいな口をきくのはやめなさい」彩の強い口調に背中を押される。

絵描きである妻は自分が描くだけでなく子供に教えたいという希望もあった。絵画教室を開くために結婚直前にイーゼル20脚を買い込んでいた。田舎でも教室を開くチャンスがあるかもしれないと地方回りはイーゼル帯同だった。大荷物に難渋した上に結局、教室を開くことは叶わなかったが、妻を田舎暮らしに巻き込んだ罪ほろぼしと考えれば苦にもならなかった。

地方から、御殿山から、2度の引っ越しをすませ、二女も誕生してやれやれだったが、出産後しばらくして妻が離婚したいと言い出した。幼い子供が三人もいて、二女は生まれたばかりなのである。

しかも上二人を置いて二女だけを連れて出ていくという。何の罪もない幼い長女と息子が実の母に捨てられる――そんなむごいことがあっていいわけがない。本当に実行しようと考えているのかと思えば憤怒で震えが来る。なんとか翻意させようと様々に話し合ってきたが、妻は頑として首を縦にふらない。

扶紫季は子供たちがどうなってしまうのか心配でいつも頭が重かった。長女と息子が「私たちはお母さんがいなくなっても大丈夫だよ」と無邪気に言うのを聞いて、妻が自分が出ていきやすいように何の判断力もない子供たちに吹き込んでいることが分かり胸がふさがる思いだった。ある日、居ても立ってもいられなくなった。どんな母でも、例え鬼の母でも、子供にとって母親は一人だけ。子供のためなら恥も外聞もない。扶紫季は畳に両手をついて「どうか離婚を思いとどまって下さい」と妻に懇願したが拒絶された。別の日には「離婚するなら、自分一人が出て行くから、子供二人を捨てないで。財産は何もいらない。預貯金全てを渡すし、給料も毎月半額を送金するから」と訴えたが、これにもノーだった。

濡れた手をタオルで拭きながら妻は向かいの席に坐る。三人の子育てと家事に忙殺されていてもやつれた風はなく身づくろいはきちんとしており、元気そうである。

「これまで何回も言ってきたけれど、子供のことを考えて離婚はしないでほしい」妻の目を見据えて切り出した。離婚話の根にある二女のことも引っ張り出そうとしたが、どうしてもできない。「なんだか変、おかしい」彩の言葉を反芻する。

「またその話なの。はっきり言ってあるでしょう。私は下の娘だけを連れて出ていきます。忙しいのだからそれぐらいにして」妻はうるさいといった態度で席を立とうとする。

「残される二人の子がどうなってもいいというのか」思わず大声になる。扶紫季は結婚して以来、妻を怒鳴ったり手を挙げたりしたことは皆無だが、抑えがきかなくなった。

妻は「隣の奥さんに聞こえるじゃないの」と制した。隣家には息子と同じ歳の女児がおり、子供同士の会話で離婚のことは伝わっているようだったが、表向きは両者とも素知らぬ顔を通していた。

「かまうもんか。こんなひどい話、隣にも聞かせてやれ」扶紫季はやけくそで叫んだ。とたんに通路に面した隣家の台所のガラス窓がガラガラー、ガツンと大きな音を立てて閉まった。


子供ができたら親は徹底的にかわいがる義務がある。それができないなら子供をつくってはダメと誰もが言う。しかし、M新聞本社ビルに吹きつける生ぐさい南西の風はそのまま根津神社方面にも向かい社員寮のオンボロビルにも吹き当たる。大造寺さんの例もある。1ダースも子供がほしいと言っていた妻の心に影響を与える力が風の中に潜んでいるとしたら。

## 〈4〉大造寺濡れ衣説

「亜逸多さんと大造寺さんは同時期にM新聞社とA新聞社のT支局の警察担当でT署を回っていたそうですが、間違いないでしょうか」中年の週刊誌記者は眼鏡越しに鋭い視線を向けて質問を始めた。取材ノートを開き、扶紫季が許可したので録音のスイッチを入れる。

「いやぁ、亜逸多さんに辿り着くまでに苦労しました。M新聞は毎年たくさんの新人記者が全国の支局に配属されるけれど、支局での警察担当は1～2年のはず。大造寺さんと同時期にT署担当をしていた記者名を人事部に問い合わせたのですが、社外秘と教えてもらえませんでした。M社、A社の知り合いに聞き回ってやっと亜逸多さんであることが分かったわけです。貴重な証人です。よろしくお願いします」

扶紫季はテロップを読んで衝撃を受けたが、事件そのものには疑問を抱いていた。どう考えても濡れ衣としか思えないのである。週刊誌から取材申し込みがあった時、大造寺を庇うというより、疑問を提示するよい機会と考えた。

T警察署を担当していた大造寺、扶紫季はライバル同士ではあったが、取材競争以外のところでは仲の良い友人のようだった。初夏のある日、扶紫季は大造寺から「わが家で一緒に夕飯を食べよう」と誘われた。

住まいを訪うのは初めてだったが驚きの連続だった。新人の記者は事件事故の発生時にすぐ現場に駆けつけられるように支局や担当する警察署に近いアパートやマンションに入るのが鉄則である。最初の驚きは、その鉄則の無視である。大造寺の住まいはT市の隣のK市にあった。担当しているT警察署の管轄外であるK警察署の管内なのである。T警察署からも支局からも相当遠く、いざという時、担当者として事件事故現場にまっ先に駆けつけるのは無理だろう。特別待遇とはこういうものかと思ったが、驚きは続いた。

住まいは住宅街の借家で庭付きの平屋建てだった。門を入ると裏庭に古風な釣瓶式の井戸。70〜80歳ほどだろうか小柄で少々腰の曲がった老女がいて釣瓶を引き上げている最中だった。「ばあや、電話で話しておいたM新聞の友人だよ」と大造寺が紹介する。「庭のある一軒家にばあや付き」というお殿様ぶりに度肝を抜かれる。「ばあや」はちらと横目で扶紫季を見る。耳は達者らしく軽く会釈して黙々と作業を続ける。引き上げたバケツの中から自分の頭より大きなスイカを取り出し、腰を伸ばしながら抱え込む。来客のために井戸水でよく冷やしたスイカをふるまおうとしているらしいのだが、きゃしゃで弱々しい外見とは裏腹に手馴れた様子でてきぱき作業をこなしている。

居間に案内されると、またびっくり。5坪ほどの庭に面した縁側は硝子戸が全て開け放たれ、茶や白で毛が長いもの短いものなど立派な大型犬が4頭、室内と芝の庭を区別なく自由に出入りしていた。犬同士でじゃれ合ったり、座椅子の大造寺にまとわりつくが、よく訓練されているらしく、初対面の扶紫季に吠えかかることもない。

食事時になると大型犬は居間から追い払われた。アロハシャツと短パンに着替えた大造寺は座卓にあぐらをかく。あぐらの中には小さな盲目のダックスフント1頭が残った。大造寺の前には山盛りの肉と炒め野菜をのせた二人前はありそうな大皿が置かれた。大造寺はダックスフントを抱え込み一緒に首を伸ばして皿から食べ始めた。箸もフォークも使わず指で料理を摑んで口に入れている。大造寺には4分の1西洋人の血が混じっているとはいえ、食卓の光景は日本人の家庭のそれとはほど遠かった。

肉を食いながら卓上にはみ出したダックスフントを赤ん坊を扱うように優しく両腕で抱え直す。目脂を指先でぬぐってやり、犬が口をなめてくると大造寺も長い舌で犬の口をなめ返す。目を閉じてうっすらと笑みを浮かべた大造寺とダックスフントは、人間と犬というより恋人同士か親子のように見えた。

「大造寺さんのお殿様ぶりはよく分かりました。ただここまでうかがっても、亜逸多さんがおっしゃっていた女児猥褻事件への疑問とどう結びつくのか、よく分からないのですが」扶紫季が言葉を途切らせたところで、週刊誌記者がノートに記入する手を休めて顔を上げた。

ぬるくなったコーヒーを一口すすってから扶紫季は核心に入る。

支局時代、警察回りで毎日のように顔を合わせ、話をしたり飲食を共にすることもあった大造寺は有能で仕事熱心だった。しかしエリートでございとふんぞり返るようなことはなく気さくで人当たりがよかった。女性には優しく品行方正で紳士的。当時、美しく聡明な婚約者がいて、東京に戻ってから結婚すると言っていた。要するにノーマルな常識人であり、おかしな性的嗜好は皆無と言える。

ただし外交官の父親について幼少時から外国暮らしが長く何ヶ国語も話す。顔立ちは日本人だが185センチの長身で日本人離れした所作が身に着いている。盲目のダックスフントとの食事風景が典型で、あまりにもあけっぴろげな親愛の情の表出は、日本人が見たら、ほほえましさを通り越した気色悪さ、違和感を覚えることがあるかもしれない。欧米人の男女が通りで人の目を気にせず抱き合いキスをしているのに出くわしたような気分といってもよいだろう。

国会で見学中だった小さな小学生の女の子を大男の大造寺が抱き上げて顔ずりしていたというのだが、女の子はさぞびっくりしたことだろう。たしかに衛視がその光景を見ればけしからぬ振る舞いと判断してもおかしくない。

だが、そうした状況を聞いても、扶紫季には女の子が盲目のダックスフントとだぶってしまう。文化や習俗の違いとでも言えばよいのか、大造寺はダックスフントにいつもしているように、かわいい女児をごく自然に抱き上げただけではなかったのか。パンツの中に指が入っていたというのも、動き回るダックスフントを抱えるのと同じで体の様々な部分に手や指が触れるのであるから、角度によってはそう見えることもあったかもしれないということである。

盲目のダックスフントから〈大造寺濡れ衣〉の確信を披れきしたあと、調子づいて言わずもがななことまでしゃべってしまった。

A社は派閥争いが激しいと聞いている。名門の御曹司である大造寺も何らかの抗争に巻き込まれてとばっちりを受けたのではないか、と。

証言は週刊誌で大きな扱いとなったが、あとで扶紫季は大恥をかくことになった。

## 〈5〉狂乱の恋

A新聞社T支局は毎年、秋の新聞休刊日に支局を開放してダンスパーティーを開くという。扶紫季と大造寺さんはそこで初めて山緑美波と出会った。ほとんど二人同時に惹きつけられ、常軌を逸した甘美な惑乱に陥った。一目惚れに間違いないが、狂乱の恋とも邪恋とも何とも名付けようのない激しい衝動だったらしい。二人共に婚約者がいて結婚間近、人並みの恋愛経験、常識もある新聞記者なのに、である。ここから破滅の物語が始まるわけである。

自社のM新聞社ではなくA新聞社の支局長にかわいがられていた扶紫季は日頃「君はM社には向かない。A社タイプだからうちに来い」と誘われていた。ダンスパーティーにもM社支局員の中から一人だけ招待された。「女性同伴」が条件だが、婚約者を東京に残してきていると断って参加した。

休刊日には本社との通信回線は一切遮断するという支局長の方針でパソコン、ファックス、電話を片付けて机や椅子を隅に積み上げた2階の編集室は30畳ほどの快適な広間に生まれ変わっていた。軽快な音楽が流れ、着飾った15組ほどの男女が楽しそうに踊っている。自らは踊らなくても見ているだけで楽しい。扶紫季はソファーに陣取って赤ワインのグラスを傾けていた。

大分遅れて女の二人連れが部屋に入ってきた。先頭の中肉中背の女を目にした途端、背筋を悪寒とも快感ともつかぬものが走り抜けた。二重瞼の大きな目、ベージュの縞模様のツーピースにヘアバンドをした頭と形のよい額。ありふれた装いだが、全身がかすかな光、輝きに包まれているように見える。不思議な華やぎに、ふらふらと吸い寄せられそうになる。同時に冷たい手で心臓をつかまれたような戦慄がある。

顔をそむけようとしたが金縛り状態で、女と目が合ってしまう。一人ぽつねんとワインを飲んでいる扶紫季が女性同伴ではないと判断したのか、真っ直ぐに向かってくる。

「一緒に踊りませんか」部屋を揺るがす音量に負けぬ澄んではっきりとした声。すき通るような白い右手を差し出してきた。聡明さと情熱が同居した神秘的な目がじっと見つめてくる。酔もあってか扶紫季は頭がくらくらする。見てはいけない、触れてはいけないものに相対してしまったような戸惑いがある。

「踊れないのです。ご免なさい」本当は多少は踊れるのだが、気圧されて一緒に踊る勇気などない。嘘をついて断るのが精一杯だ。

後で山緑美波と分かる女は小首を傾げる。「それでは名刺を下さい」差し出した右手はそのままになっている。

こんな所で名刺とは妙な具合だが、あわてて上着の内ポケットから名刺入れを取り出す。1枚引き抜いて白い手に手渡す時、指と指がかすかに触れあった。名刺をバッグに押し込んだ美波はさっと踵を返した。「あなたの名刺も下さい」と言うひまもなかった。美波は連れと手を取り合って踊りの輪に加わっていく。扶紫季は突然の出来事に呆然となりながら後ろ姿を目で追う。

軽やかにステップを踏む女たちの中で美波は際立っていた。単に美醜の問題ではない。部屋を照らし出す灯火とは別の何かしらの光が美波にだけ届いているように見えた。踊る身体の位置や向きによって微妙に強弱のついた輝きを眺め続けているとめまいがした。

そのうち、婚約者と踊っていた大造寺の動作の奇妙さに気付いた。ゆっくり円舞しながら顔は常に美波の方を向いている。腕を組み腰を抱いた婚約者の肩越しに憑かれたように美波の姿を目で追っている。大男だけにいやでも目についてしまう。美波だけに届いている不思議な光の存在に大造寺も気付いていると思った。

ダンスパーティーの次の日は快晴だった。扶紫季は早朝、オートバイで半島一周道路を疾走していた。久しぶりに仕事を離れて走りたくなった。半島は内海を抱く格好でT市の東端から太平洋に突き出している。社旗をつけた125CCのオートバイのエンジン音と震動が心身を心地よく揺さぶる。潮の香を胸いっぱいに吸い込むと、くらっとして甘美な陶酔が深まる。美波を知って世界がこれまでとは違うものになってしまったようだ。思い切り前のめりになり、顔、腕、上着をばたばた叩く海風に向かって上半身をあずける。

半島の岬の岩山の先端にあって大波が打ち寄せる50畳ほどの岩棚にさしかかる。潮の香と混じりあった死臭とも腐臭ともつかぬ岩棚特有の強烈なにおいが漂ってくる。背後に切り立った崖が迫って数十メートル続き崖の上には全方位のダイナミックな眺望と煌めく星空で名高いビューホテルが建っている。岩棚の強烈なにおいは遥か昔から染み込んだ夥しい死者の血肉の腐臭と言い伝えられていると郷土史家から聞いた。半島と海を支配している怪物に食いちぎられた残骸が打ち捨てられた場所とも言われてきたという。岬一帯は速い潮流と巨大な波に加えて隠れた岩礁が多く船の難破の名所であり、遭難者の死体も頻繁に打ち上げられる。真冬に岩礁に乗り上げて転覆した漁船を取材した。引っくり返った船底から引き揚げられた漁師6人の死体が波の届かぬ高い岩場に次々に並べられた。部厚い防寒衣が空気入れで空気を注入したかのようにぱんぱんに膨らんでいる。両手足を突っ張って人形のように見えるが蒼白の顔は一様に目をむき口を開いて恐怖の相である。荒れ狂う海、海底で何を見たというのか。写真を撮ろうとカメラを構えた時、「何でこんなところを写すんだ」と血相を変えた仲間の漁師たちがかけ寄ってきてカメラを取り上げ岩棚に叩きつけた。

今でも崖の上から飛び降り自殺する者が跡を絶たない。死肉を好む巨大な蟹の群れがおり、数え切れないほどの船虫が絶えず走り回る岩棚は血なまぐさい伝承の舞台にふさわしいのだろう。

岩棚の不吉な連想も美波への思いですぐに打ち消された。一周道路のカーブの上り下りの度に、打ち当たる波しぶきを横目に大空に向かってふわっと飛び上がっていくような快感がある。「このまま空に突き刺さって死んでしまってもいいぞ」絶叫するうちに光の層の中に一瞬、美波の顔が見えた。

これは一体何なのだろう。東京の婚約者のことなどどうでもよくなっている。まるで初めて恋をした少年のように狂おしい心の暴風に引っかき回されている。美波の身体を包んでいた微かな光、輝き、不思議な華やぎを見てから変調を来した。やはり、あの光は見てはいけないものだったのか。

半年前に支局に赴任するためT駅の新幹線ホームに降り立った時、見たこともない強い光がびっしりと層を成してT市・半島の空を覆っているように見えた。その眩しさの中に何かが潜んでいそうな予感に胸騒ぎしたことを思い出す。

## 〈6〉情婦

T市の後背のなだらかな山並みの中央にあって周囲より少し高い山、石巻山。山頂近くに石巻神社があるが、周辺で事件事故が起きたことがなかったので一度も訪れたことがない。神社へ続く山道を扶紫季の運転するジープがゆっくり登ってゆく。初めて見下ろすT市の市街と内海。内海に沿って湾曲した町並みの広がりの中にT警察署やM社、A社の支局が豆粒の大きさで識別できる。

ダンスパーティーの数日後、山緑美波から携帯電話が入り、日曜日の夕方、会う約束をした。名刺をもらっていないため、どうやって連絡をつけたものかと思案していたので喜びに胸が熱くなった。それでも我を忘れるほど舞い上がるのを阻んだのは、冷たい手で心臓をつかまれたような戦慄の記憶だった。何かしら危ういものを感じる。心を落ち着かせろと己に言い聞かせる。

ダンスパーティーのあとA社支局に立ち寄った折に支局員に尋ねてみると、美波は市内の県立高校の国語の教師だという。支局長の親戚らしいのだが、支局員たちはそれ以上のことを知らず、誰が招待したのかもはっきりしない。ダンスパーティーでの様子から大造寺も初めて美波に会ったように見えたが、実際はどうなのだろう。そういえば、美波はダンスパーティーの最後まで広間にいなかった。音楽が終わる直前、ふと気になって見渡した時には忽然と姿を消していた。

狭い山道を登りきった平垣地の左側の鬱蒼とした森の中に竜神を祭っていると聞いたことがある石巻神社が建っていた。道路をはさんで反対側に大きな平家の屋敷がある。いずれも古色蒼然として人の気配が感じられない。本当にこんな所に美波が住んでいるのかといぶかしむ。

しかし「家で待つ」と言ったとおり、近付くと屋敷の門の小門が開いて美波が出てきた。ベージュの縞模様のツーピースにヘアバンドをした頭と形のよい額。ダンスパーティーの時と同じ装いだった。ジープを止めた扶紫季に向かって右手を上げ微笑んだ。瞳がきらめいており、ダンス会場に居た時より一層美しさ、優美さを増している。樹影の濃くなった森を背に、やはり全身が微光に包まれているように見える。何度も瞬いてみるが同じだった。

半島の先端の岬まで車で30分ほどである。岬の岩山の上に建つビューホテルは太平洋の荒海と穏やかな内海を同時に見渡せるダイナミックな景観と満天の星空の壮麗さが売りである。美波と初めて夕食を共にするのにふさわしい舞台と考えて予約を入れてある。

「いつもこんないかついジープで取材して回っているのね」助手席の美波は物珍らしそうに車内

を見回す。美波の温もり、息遣い、快い芳香、真近に感じて胸が高鳴り、熱いものが身体の奥から湧き上がってくる。全開の神経がそのすべてを味わい尽くそうと貪欲になっている。

発進しようとハンドルを握った左手がふわっと温かいものに包まれる。名刺を渡す時にかすかに触れたすき透るように白い手がそこにあった。びりびりと電気が流れて己の手がしびれたようになった。白い手はさっと引っ込んだが温もりは残っている。やっと発進したが、胸の動悸は収まらない。

電照菊ハウスの仄白い光に包まれて扶紫季はしっかり美波を抱きしめている。運転席と助手席から思い切り身を乗り出した二人はいつの間にかひとつになっている。何度も何度も口づけを交わし美波の柔らかい全身を撫でさする。うっすらと漂い出る芳香と菊の匂いが溶け合って窓を閉めた車内に広がり濃密になってゆく。

岬への途上で電照菊ハウスの群れにさしかかった。半島の闇の中に出現した光の園がこの世のものとは思えぬ幻想的な雰囲気をたたえている。

「電照菊きれいね。夜のドライブなんてきたことがなかった。初めて実物を見ることができたわ。少し鑑賞しましょう」

半島一周の県道からハウス群の中へ乗り入れる。そういえば市の観光パンフレットは「花々があふれ黒潮が洗う常春の半島へどうぞ。夜はロマンチックな電照菊の光の饗宴が楽しめます」だった。

ハウスの内部には菊がびっしり植えられている。つぼみを欺いて開花を遅らせる役目の薄暗い裸電球が数個ぶら下がっている。ハウスが20～30も集まると、電球の光がガラスを透過して互いに照らし合い溶け合い仄白い暈となってハウス群全体を包み込む。

「うれしい。あなたが来るのをずっと待っていたような気がする」耳許で美波がささやいた。柔らかく温かい身体を抱き直して、また唇を吸う。とろけるような舌に舌をからませながら「ずっと待っていた」をぼんやり反芻する。「会ったばかりなのに、なぜこんなことになってしまったのか」一瞬、理性の問いが脳裏をかすめたがすぐに消えた。

しばらくして美波が抱擁を解いて前を向く。余韻にひたっているかのように、ゆったりとした動作で乱れた髪に手をやり整える。

「ところで、大造寺さんてどういう人なの」ぽつりと口を開く。あまりに唐突で漠然とした問いなので、何と答えたらよいか分からない。名門の御曹司で有能な記者で……と考え始めたが、美波がA社支局長の親戚ならそんなことは分かっているのだろうか。

「ダンスパーティーで仲睦まじそうに踊っていたのは大造寺さんの婚約者か恋人でしょう」断定的な口ぶりで顔を向けてくる。きらきらする瞳が怒りを含んでいるようだ。

「おとといの夜、大造寺さんがわが家に押しかけてきたのよ。事前連絡もないいきなりの訪問だった。びっくりしている私に向かって、あろうことか『愛しています。結婚してください』だって。しかもフランス語で」話すうちに次第に声の調子が強くなる。

扶紫季は何かで頭を殴られたような衝撃を受けた。何ということか、そんな滅茶滅茶な話があるか。一体、大造寺はどうなってしまったのか。

「私はダンスパーティーのかなり前に、支局で一度大造寺さんと会ったことがある。その時もあの人が大造寺さんと教えられただけで挨拶もしなかった。私の住所も支局の誰かに聞いたのかな。ともかく、結婚して下さいもフランス語も、あきれて物も言えなかった。それに、ダンスの相手のきれいな女性は、どう見ても、恋人か婚約者。二人の親密そうな様子を見れば誰だってピンと来るわ」

扶紫季はひやりとする。棚上げしてあった婚約者という言葉が頭上にどんと落下してきて肝を冷やす。己も婚約者がいるのに、こうして美波とねんごろな関係になっている。しかも東京にいるのを良いことに婚約者の存在を明かしていない。大造寺に比べると悪質なのではないか。冷たい手で心臓をつかまれたような戦慄が甦える。

そこまで考えると猛然と反論が湧きおこる。違う、違う、そんなことではない。美波をだます気など全くない。事態が急展開し過ぎて正直に言うきっかけがつかめなかっただけである。いや、あまりにも神秘的な魅力をたたえた美波に出会って魂を奪われ、婚約者のことなどどうでもよくなってしまったというのが本当の経緯だろう。そんな婚約者との結婚も同じことだ。ご破算になっても構いはしない。今は、ただただ美波にのめり込んでいたい。己の正直な気持ちがはっきり見えた。

改めて美波の方に身を乗り出し固く抱きしめる。何物にもかえ難い宝物である美波の温もり、柔らかさ、芳香に顔をうずめる。

「馬鹿にしないでって大造寺さんを怒鳴りつけてやった。明らかに婚約者か恋人と思える女性と私の横で踊っていたのに、何日もたたずに私に結婚してくれとはどういうこと。田舎者だと思って愚弄したら許しませんからね、と」抱擁を突き破って白い炎がめらめら立ち昇った。

大造寺の惑乱は他人事ではない。己と同じくらい深く美波に魅入られたのだろう。婚約者がいることなど何ほどのこともない。あとがどうなるかなど知ったことか。美波が愛しい、会いたい、欲しい、その気持ちを隠しておくことができなくなってしまったのだ。

愛の告白と求婚がフランス語とは何ともロマンチックではないか。言葉に厳格であろう国語教師の美波からはおちょくりと思われたにしても、フランス語を使うのが大切な人にだけする大造寺流の告白の仕方なのではないか。大造寺が己の分身のような気がしてきた。

奇怪なことが連続して起こっている。最初は半信半疑だったが、いろいろ推理して出来事の筋道をおっていくと美波を中心にした異様な愛の狂乱劇が浮かび上がってくる。物語は早足で進行している。自分の創作作品としてはめ込むデテールを拾い集めようと焦るが、私の能力を上回って事態は急展開している。どうどうと手綱を引き締めたいが、次の場面ではすでに早すぎる修羅場がやってきている。

T市から続いてきたなだらかな山並のどん詰まりの岩山の上に建つビューホテルは強い海風にさらされている。夕暮れとともに満天の星々が輝きを増し始める。太平洋側の遥か沖には漁火が点々と並ぶ。白い牙をむいた大波が次から次に押し寄せ、轟音とともにホテル下50〜60メートルの岩棚に打ち当たりしぶきを上げる。反対側の内海にも遠く離れた市街への灯火の連なりがゆるやかな弧を描く。こじんまりした4階建ては物見に優れており海を支配するものの館か砦のおもむきがある。海風を遮った位置にあるロビーのテラスは室内からの灯火と星明かりが物の形を仄かに浮かび上がらせる。扶紫季は脂汗を流して人生の最難題に向き合っている。

「亜逸多さん、あなたも恋人か婚約者がいるんですか。さっき大造寺さんのことを話した時に顔色が変わったから、やはりそうかと思ったの。まあ、女の人たちが放っておかないだろうから、いるのが当然かもね。それで、大切な人がいるあなたが、私とこうなって、これから一体どうするつもりなの」

見ないよう、忘れてしまおうと放置していた事柄をしっかり突きつけられた。いやおうなく現実に向き合わざるを得なくなっている。

「正直に答えて。結婚するとすれば、いつですか」鉄柵に片手を付いて海を見ていた美波が振り返る。仄暗い顔には何の感情も浮かんでいない。

「4ヶ月後に結婚式をあげようと10日ほど前に決めました」まるで取調べ室で犯行を自白する被疑者だ。もうだめだ、終わってしまう、いい気な夢見心地の陶酔の分だけ暗澹が深い。

「私からひとつ提案するわ。結婚を1ヶ月遅らせたら、あなたの情婦になってあげる。トイレに行くから、帰ってくるまでに考えてイエスかノーか答えて」ヘアバンドをはずして長い髪をひとふりして真正面から扶紫季の顔を見つめる。星明かりを受けて大きな二重の目が潤んでいる。

「情婦」が頭の中で渦を巻く。「愛人」でも「恋人」でもない。「世間に知らせられない関係の女」や「いろおんな」などの意味である死語に近い言葉だ。誇り高い美波が結婚したいとか恋人にしてなどとは口が腐っても言えず、照れ隠しにわざとあぶなっかしい物言いをしたのだろう。その心の内が直に伝わってきて切ない。ごめんなさいと謝っていたわりたくなる。

一方でまた、どうでもいい、結婚など解消で構わないと思っていた東京の婚約者の存在が口にした途端ににわかに現実みを増してくる。元々、結婚や入籍など家制度に組み込まれるのはまっぴら、同棲でいいと考えていた。しかし入社前の学生の頃、婚約者が妊娠したため中絶させた。そのあと何も知らずに娘の幸福を祈念している両親と会った時、うしろめたさから世間並の責任というものを強く意識せざるを得なくなった。すったもんだの結果として4ヶ月後の結婚式となった。夢うつつの中では捨てようと簡単に考えていたが、そうもいきそうにない。二者択一の絶体絶命の淵で立ち往生している。崖下の岩棚から立ち昇ってくる腐臭が強くなった。

「決断しましたか」いつの間にか美波が戻ってきていた。扶紫季はその顔を正視できず無言で目を床に落とした。

「やはりむりなのね。それならいいわ。ロビーのフロントに立ち寄ってあなたの様子を見ていたら、分かったわ。二人がうまくいくなら一夜を共に過ごそうと考えて部屋を予約してあったけれどキャンセルしてきた。それからハイヤーも頼みました。私はこのまま一人で帰ります」

胸が張り裂ける、胸がつぶれる。「まってくれ」と叫びたいが声が出ない。感情を抑えられず涙があふれる。

美波が抱きかかえにきた。そのまま背伸びして唇に唇を押しつけてくる。思わず腕を回して柔らかい温もりをとらえようとするのを、するりと体を離して押し戻してくる。

「あなたを誰にもやらない。この先もずっと二人の関係は続くでしょう」一言を残して身を翻す。足早に遠ざかっていく後ろ姿から体全体を包んでいた微光が消えている。

## 〈7〉離婚、引っ越し

子供たちの新学期に間にあうように設定したM新聞社根津寮からの引っ越しの日、扶紫季は鬱状態が続いていた。

離婚して新居に移るまでの段取りは気が滅入ることの連続だった。御殿山の実家を出て根津寮に入ってから間もなく祖母も死去。祖父に続く祖母の相続で母親の代襲相続人として、母親の弟である叔父と相続争いになった。祖父が残した貸ビル会社の社長を務める叔父は扶紫季が地方回りをしている間に、会社の顧問弁護士とはかって自分に有利になるよう事を進めていた。母親がビル会社の役員で株主でもあったので、扶紫季も対抗して弁護士をたのんで裁判を起こしたが時すでに遅く、外、内堀のほとんどが埋められていた。

結局、実家の400坪の敷地の一部を相続し、その土地とビル会社の株を売って国分寺の妻の両親の家のそばに建て売りを買った。裁判にまつわる様々な手続きと後始末、家の売り買い、子供の学校の転出入、引っ越しの手配などなさねばならぬ事が山積していた。妻の協力を充分には得られないまま、会社の仕事の合い間に次々とこなさなければならなかった。

妻の両親の家のそばに新居を買ったのは離婚によって母親に捨てられることになる子供たちのショックを緩和するためだった。父子家庭になっても頼れる兄弟姉妹、親戚がいない。不本意ながら、母親不在の穴埋めを妻の両親である「おじいちゃん、おばあちゃん」にある程度たのまざるを得なかった。両親にしても、孫が近くに来ることはうれしくても思いは複雑であろうし、二人だけの静かな生活が掻き乱されるうえに物心両面の支援は相当の負担を伴うことになるだろう。それを考えると気が重い。子供の心配と両親への申し訳なさで心がつぶれそうだった。実母が生きていてくれたらどんなによかったろうと思わぬ日はなかった。

忙しくしていると気が紛れて余計なことは考えないでいられるが、ふとした拍子にT市・半島での光に包まれた神秘的な美波の姿が鮮やかに蘇ってくる。あの光は何だったのだろうか。全身が溶けてしまいそうだった熱いキス。愛撫に応えるように微かにしなった柔らかく温かい身体。あそこで美波を選ぶことをしなかった優柔不断が、こんなひどい形になって尾を引いている。

そこまで考えると不意にある年上の女の声が聞こえてきた。

「一番好きな人とは結婚できなかった。何もかもすてきな一番好きだった人は熱心に求婚してくれたけれど私は恐ろしかったの。あまりにも素晴らし過ぎるその人に自分の欠点や身体のことなど隠しておきたいことをすべて知られてしまったら恥ずかしくて死んでしまいそうだった。どうしても首をタテに振ることができなかったのだわ。なんという馬鹿だったのかと今は後悔するけれど、あの時は奥手、無知で思い込みの激しい自分の性格が勝って、どうにも考えを変えられなかったわけ。あの時、一番さんは私が劣等感の塊になってしまうほど完璧で特別な存在に見えたのよ」高校生の扶紫季と腕を組んで夜道を歩きながら、陽子は言った。

「劣等感というけれど、おばさんはカトリーヌ・ドヌーブそっくりと評判の美女で有名大学卒の才媛だ。軽井沢のテニス仲間の社交界の女王と言われていたほどの人なのに」

「だから、その私が好きで好きでたまらないうえに、私にふさわしいと皆が太鼓判を押してくれた一番さんを選べなかった、変てこりんでしょう。男と女って分からないことだらけ。結局、一番さんが他の女と結婚したあと、自分が招いた結果なのに、今度はヤケになって結婚なんてどうでもよくなってしまったのよ。二番でも三番でもない、もっと下の金持ちだけが取得のつまらない男、つまりあなたのおじさんと一緒になってしまったわけ」10歳以上年上の義理の叔母は、愛人にした扶紫季との密会の最中、女心の秘密をもらした。通学している高校に恋人がいるからと逃げ腰の扶紫季に強引に接近してきたのは満たされない心の穴埋めだったかと今は思える。

あの時は女というものが謎だった。不可解な心の動きを奇妙に思っただけだったが、陽子の言葉は深いところで己に影響を与えていたのかもしれない。

ビューホテルの場面で星明かりに浮かび上がった美波は冴え冴えと美しかった。神秘的な美しさはこの世の人間と思えぬほどだった。己と異次元の手の届かぬ存在は選んだり、我がものにする対象とはかけ離れたところにいると思えた。東京に婚約者がいることが大きな障害だと考えながら心の底にはそれとは別の理由も潜んでいるように感じていた。「完璧で素晴らしい一番さんを選ぶことなど恐れ多くてできなかった。ばかよね」陽子の言葉が腑に落ちた。

妻は引っ越し準備に母親をたのんで当日までに荷物をほとんど片付けていた。壁際に机、椅子、布団などが山積みされ、少し離れて妻と二女の分の小さな荷物の山ができていた。上の二人と、二女を抱いたおばあちゃんは埃を避けて隣家に避難させてもらい、扶紫季は妻と二人で掃除や食器など最後の小物の片付けを続けた。二人とも無言だった。もはや通じ合うものは何もなく赤の他人ほどの隔絶がある。じっとしていると頭が破裂しそうだ。手仕事に集中して気を紛らせる。

時々子供二人が様子を見にやってくるが「邪魔しないで」「汚いからお隣に行ってなさい」と妻に追い立てられる。それでも構わず箒で掃くまねをしたり雑巾がけをする扶紫季の背に乗ろうとする。いつもと違って笑顔はなく言葉数が少ない。子供心に事態の剣呑さが分かっているのか、かすかな脅えのようなものが伝わってくる。二女を抱いたおばあちゃんも時々、進捗状況を見に来るが、こちらも無言で深いため息をつくのが分かる。作業が終わってから床に海水浴用のビニールシートを敷いて昼食となった。おばあちゃんが用意してくれたお握りと卵焼きを息子はうまそうに頬張るが長女は食欲がないと手を出さない。

「なんということだ、これは一体なんということだ。この子たちを待ち受けている運命。こんな無慈悲、理不尽があっていいのか」言葉にならないうめきが頭の中を駆けめぐる。くらくらする。「ウオー」と咆哮したい。喉を掻きむしりたい。叫びながら部屋中を走り回り、廊下に飛び出してそのまま4階から飛びおりてしまいたい。ふと、心配そうに己を見つめている子供たちの顔が目に入る。かろうじて衝動を抑えることができた。

大小2台のトラックが社員寮の入口に横付けになっている。扶紫季たち父子三人分の荷物と妻と二女用の荷物が別々のトラックに積まれた。寮の半分ほどの部屋から子供たち母親たちが降りてきて出発を見守った。二人の子供はぎこちなく友達に「さよなら」を言い、扶紫季と妻は母親たちと笑顔で挨拶を交わす。別れの儀式はたんたんと進行した。

「新居に引っ越しなんていいわねー」一人の母親が大きな声で言った。「いいわねー」皆が唱和した。2台のトラックが別々の家に行くことをほとんどの人が知らなかった。

## 〈8〉父子家庭と子供の涙

「とうとう女房に逃げられて父子家庭になってしまったのね。裏切りの罰は軽くはないか。これからが大変だ」喫茶店で向かいあった彩はレモン紅茶を一口啜ってから妙なことを言った。

国分寺の新居に父子三人で移り住んだが、扶紫季は生きた心地もしなかった。これからどんな生活が待っているかと考えると恐ろしい。しょげて口数がめっきり少なくなった子供たちの顔を見ると胸が締めつけられる。真新しい白壁で統一されてまだ塗料の匂いが残る二階家は三人だけでいると、がらんとしてすでに廃墟じみている。狭く汚い2Kの社宅に五人で住んでいたのが、二人減って三人だけで広々とした二階家に住んでみると、これほど寂しいものかと痛感する。妻の両親は子供たちを心配して、移り住んだ直後から頻繁に家に呼んで食事をさせたり泊めてくれている。扶紫季の勤務が不規則なため、おばあちゃんが毎日のように手伝いに来てくれ様々に面倒をみてくれる。

しかし母親に捨てられた子供たちの悲哀は深刻だ。おじいちゃん、おばあちゃんではとても癒されるものではなかった。小2の娘、小1の息子の顔から笑顔が消えた。特に息子は部屋の隅にうずくまって黙って涙を流していることが多かった。会社が休みの日に三人で近くの公園へ行きボール投げをしたり遊具で遊ばせても笑顔は戻らない。根津寮に住んでいる時は、毎日笑い声をあげ友達と走り回っていたが、その面影はない。スクラムを組んで三人一緒に「えい、えい、おー、頑張るぞ」と叫んでも空元気に終わった。どう慰め元気付ければよいのか見当がつかなかった。幼い子供にとっては母親が全てであり、父親は母親の代わりにはなれないということを思い知らされた。「どうにかなってしまうのではないか」とおろおろ見守るしかないのだが、子供の落ち込みは離婚前に予想したよりはるかに深刻だ。

扶紫季は離婚して父子家庭になる少し前に社会部から整理部に移っていた。激務に変わりはないが、社会部に比べ勤務時間が一応定まっているので助かった。それでも家事・育児と両立させるには全く時間が足りない。子供たちの学校の父母参観や市役所、税務署に出向く用事などで早退や休みを取ることもあり、上司からも同僚からも迷惑顔をされる。「女房に逃げられて、子供が二人いるなら早く再婚して仕事に支障のないようにするべきだ」上司から度々催促が入る。子供はすでに回復不能なほど傷ついている。再婚で新しい母親がきても、なさぬ仲でうまくいかなければ、さらに傷つくことになる。再婚などとても考えられないが、父子家庭の窮状をわかるはずもない上司に説明しても理解されることはないだろう。

「女房に逃げられた甲斐性なし」「変態なんじゃないか」それとなく聞こえてくる陰口もこたえる。聞き流せ、言わせておけとやり過ごそうとするが、じわーっとボディーブローのようにきいてくる。

家でも過酷な日常である。休みの日や朝刊勤務で夕方出勤の日などは、おばあちゃんの負担を減らすべく衣食住その他の仕事を全力で片付ける。洗濯、布団干し、買物、調理、食事作り、庭の手入れ、子供の宿題の点検など際限なくあるが、その一つ一つがうまくこなせないストレスもある。休日も自分だけは休むどころか一日中目いっぱいの家事、育児で日々の疲れが蓄積していく。精神、肉体が限度を超えたと感じることがよくある。

朝、布団の中で目覚めた時、「まだ生きていたのか」と妙な感慨にとらえられる。道端でふと立ち止まった時、もう死にたい、楽になりたいと願っていることに気付く。公園の松の木の枝ぶりや電車の線路をじっと眺めていることがある。楽に死ぬためにはどんな手段があるか、無意識のうちに考えている。

会社組織からはみ出してしまったとも思う。このまま進むと男としての、会社人間としてのアイデンティティを喪失して己が何者か分からなくなるのかもしれない。己は新聞記者だ、ジャーナリストだと自らに言い聞かせても、日本では所詮組織あってこその職業だ。己を見失って職場でも地域でも孤立して傷ついた子供を抱えながら偏見、白眼視、差別に身をさらして生きていかなければならない。どこまで耐えられるのだろうか。

「ずい分冷たい言い方になるけど、あなたは今、地獄と天国の分水嶺に立っているわけね。子供と一緒にいる限り救いのない地獄が延々と続く。子供を捨てれば即天国。若き日の花の独身に戻るか新しい畳に新しい女房を迎えることができる。でもきっと子供を捨てることなんかできないのでしょう。地獄から脱出できそうもないわね」彩は身も蓋もない言い方をした。

あまり簡単に子供を捨てるなどと言い放つのに驚きと怒りがこみ上げる。

「子供の悲嘆も知らないで、よくそんな口がきけるな。君はそういう人間だったのか」扶紫季は彩をにらみつける。

「気を悪くしたのなら謝ります。でも私は本当のことを言っただけよ」和服の裾を整えるような手付きをしながら顔には何の表情も浮かべない。

「ねえ、あなた。この人の苦しみがどこまで深まれば、怒りが収まるのかな」切れ長の目が一瞬遠いものを見るように宙を泳ぐ。

「あなたって、いったい誰のことだい」妙な言い草につられて聞き返す。彩は何も言わず紅茶茶碗を口に運ぶ。

「以前養護施設に勤めていた友人がいるんだけど、大企業の正社員でフルタイムの仕事をする人が父子家庭を続けることなどできないって言ってたわ。日本では女房が家事・育児・教育などすべてやるから亭主が会社で長時間労働の滅私奉公ができるのだから。ましてあなたは過酷労働で悪名高い新聞記者ですものね。それで結局、父親たちはにっちもさっちもいかなくなって養護施設に子供を預けることになる。彼女は捨てるのと同じだと言ったけれど。そして厄介払いをすませて、ほとぼりがさめてから再婚する父親が多いそうよ。それすら叶わないと精神的に追い込まれるわけ。父子家庭は離婚の結果の生別組と死別組があるわけだけど、生別組の父子家庭の自殺率、心中率は母子家庭の7倍というすさまじい数字もあるのですって」周囲をちらと見回し彩は小声になる。

扶紫季は養護施設のことはある程度分かっていた。父子家庭が始まることを知って福祉担当の社会部の元の同僚が心配してくれた。万が一のために養護施設を見ておいた方がよいと、取材かたがたの見学を手配してくれた。

3歳から18歳までの男女120人が広々とした敷地と深い緑に包まれた公園のような施設に収容されていた。ベテランの保育士さんが担当する2階建ての居住棟に案内された。男女別に二人一室で1棟全体で32人が生活していた。棟内を案内してもらっているうちに、人気漫画のちびまる子ちゃんの妹と呼びたいような小さくてかわいい女の子が帰ってきた。女子高校生と二人部屋という女の子は幼稚園児だった。

保育士さんが「おかえり」と腰をかがめ腕を伸ばすと、女の子はちびまる子ちゃんそっくりに棒切れのように細い腕や足をくねくねさせて甘え、うれしそうに保育士さんにまとわりついた。

扶紫季はどきりとした。女の子にわが子の面影が重なった。こんな幼い子供までもがと思うと、胸の中に激しくこみ上げてくるものがあった。母、父と別れる時、どれほどの悲しみを味わったのだろうかと思った。その時、小さな胸の中にぽっかり口を広げたに違いない暗い穴の深さを想像した。その穴を埋めるために幼い彼女がこれからたった一人で遭遇しなければならない様々な試練を考えると、何者かに祈りたくなる思いだった。

「どんなことになっても、子供を養護施設には入れまい」己自身に誓った。

扶紫季をおどかしてやったけれど、父子家庭の惨状は確かに母子家庭に比べて相当なもののようだ。その父子家庭の無間地獄か、生きたまま食い殺す残酷な処刑か、どちらにすべきか、堂々巡りを続けてきて頭が痛い。美波、そろそろあなたが答えを出さねば。

## 〈9〉恐ろしい存在のにおい

東大グラウンド脇からS字坂をタクシーがゆっくり下って行く。左手は根津神社の広大な境内の塀が続き、次に右側に5階建てのおんぼろビルが姿を現す。

「あー、これがあなたたち家族が住んでいたM新聞の根津寮なんだ。おんぼろビルとは聞いていたけど、ずい分汚い。まるで幽霊ビルじゃない。今でもまだ人が住んでいるのね」彩は窓に顔を付けるようにしてビルをのぞき込む。

「会社は寮を改築したいらしいが、神社から土地を借りているので簡単には現状変更できないようだ」扶紫季は住人と顔を合わせないため座席に身を沈めるようにして説明する。

すぐ脇の彩の左手を両手で握り様々な生傷、火傷跡を一つ一つ指でなぞっていく。

「くすぐったい」彩が顔を下に向ける。まさかと思うもののどこかしら美波に似通うところがある。妙な気分である。

「根津神社って大きくて立派な神社ね。祭神はわからないけど由緒ありそう。それに比べて社員寮のおんぼろが際立つ」彩は左手をあずけたまま興味深そうに首を左右に振る。

数日前、大造寺珍人から勤務中の職場に電話があった。何年ぶりかのなつかしい声で元気そうだった。できるだけ早く会いたいという。例の事件や支局時代の思い出が一挙に蘇ってきたが、時間に追われる職場ゆえ、話は手短かに切り上げた。再会の日は、夕刊単独勤務で子供たちが祖父母の家で夕食をとり泊めてもらう日を選んだ。場所は八重洲口前の「しおじ」と指定してすぐ電話を切った。彩にその旨を伝えると、大造寺に会う前に根津神社と社員寮を見ておきたいと言った。理由は言わないが、とても重要なことだという。

大造寺と会う当日の昼過ぎに彩と御茶の水駅前で待ち合わせてタクシーに乗った。

「最初にあなたの離婚騒ぎを聞いた時、不吉な翳と岩棚の生ぐさいにおいがあなたを覆っていると言ったわよね。一度嗅いだら決して忘れることができない異臭」彩は遠くを見るような目付きでささやいた。

「単刀直入に言いましょうか。あなたの妻には男がいた、そうなんでしょう。一緒に連れて出ていった二女はその男の子供だった。違う」やぶからぼうに切り込んできた。あまりのことに一瞬頭の中が真っ白になった。しかしすぐ、胸の奥まで刃が突き立てられたのが分かった。鋭い痛みとともに鮮血が迸った。

「女の勘で分かったわ。そうでもなければ、母親が子供を捨てるなどということはあり得ないもの」タクシーは根津神社を通り過ぎて小路から不忍通りに出る信号交差点で停車した。

高校の同級生で無二の親友に裏切られた。いや、裏切られたらしい。妻と親友を問い詰めることはせず、曖昧なままにしてきた。親友も公務員ながら画家志望であり、扶紫季より妻との方が話が合った。東京に戻ったあと、二人はいつの間にか、扶紫季に内緒で逢瀬を重ねるようになった。不思議なことに、そのことが分かっても二人に腹を立てたり親友を嫌いになったりすることはなかった。

美波への未練が強く、義理の叔母の陽子の感化もあって、結局一番さんでなければあとはどうでもよいという諦念というか投げやりな気分が最初からあって、いささか妻をもてあましてきた。色白で西洋人形のようなつぶらな瞳の二女は親友にそっくりでDNA鑑定などしなくても誰の子か一目で分かった。親友が妻を奪ってくれるなら好都合とすら思うところがあった。自分でもはっきり意識していないが、むしろ二人をそそのかすような挙動すらあったかもしれない。

しかし決定的な誤算があった。子供のことである。子供は当然、妻が三人とも連れていくと勝手に思い込んでいた。それが世間の常識であり、子供にとっても必須のこと。母親が子供を捨てるなどとは露ほども疑わなかった。甘かった。自分の基準で人間を判断してしまう甘さ、青さが子供たちをこんなひどい目に遭わせてしまった遠因だろう。母に捨てられた子供二人のことを考えると頭が締めつけられるようだ。

「あのね、それでも、不吉な翳、においがあなたを覆っていると言ったのは、そんなことではないの、悪いけど。妻に男がいて二女はその男の子供だという程度のありふれた話ではないのよ。むしろ、そのような状況になるように力を貸したであろう存在のにおい、岩棚の異臭と同じにおいが強くなっているということ」彩は正面を向いたまま、またも謎めいたことを言う。

「もっと生々しく禍々しいもの。あやかしの口から吐き出される鼻がひん曲がってしまうような生ぐさい吐息。もっとも潮の香と菊の匂いがほんのり紛れ込んでいることもあるのかな。あなたを追い求めて、あなたにまといつき、あなたを亡ぼそうとしている恐ろしい存在のにおい。あなたはそのにおいが東京にまで運ばれてきていることに気付いていないのね。ふ、ふ、ふ」聞き取れぬほどの笑い声をもらした。

## 〈10〉大造寺の告白

「週刊誌のインタビュー記事で僕のことを庇ってくれてありがとう。証言者は匿名だったが、君だとすぐ分かったよ」テーブルをはさんで向かい合った大造寺珍人はT支局時代となんら変わったところはなかった。１８５センチの巨体と艶のある広い額に度の強い黒縁眼鏡、相手の気を逸らさない微笑。太目の声で早口気味の打ちとけたしゃべり。事件で萎縮した様子もなく以前通りの快活さである。年月を飛び越えて警察回りの現場に戻ったかのようだ。

大造寺が差し出した名刺にはアメリカの一流紙の極東担当支配人とある。国会での事件直後にA新聞社をクビになったが、記者としての力量をかわれたうえに政界、外交畑で重きをなす一族の威光もあずかっての転職に違いない。アメリカの新聞の記者となってからは、日本人の記者のような遠慮も自主規制も必要なくなった。きわどい皇室記事を何本か書いて特ダネをものしたと社内で聞いたことがある。

A社とはどういうことになったのか、国会見学の女児に本当は何をしたのか、事件はどう決着したのか、扶紫季には聞きたいことがいろいろあるが、濡れ衣でひどい目にあわされたであろう当人の心境をおもんぱかって口にできないでいる。

「ところで君は取材部ではなく整理部にいるのはなぜなんだい。M社に電話して君の所属を確かめたら整理部だったので意外だった」大造寺は左手の箸で刺身を口に運び、右手で大きめの猪口に注がれた彩ご推奨の地酒「潮騒」を飲んだ。K市の借家での大造寺の食事風景が蘇ってくる。背広の懐に焦げ茶色の小さな犬が蠢いているような気がして目をこらす。

「いや、うまい酒だね」大造寺の太い声にカウンターで手を動かしていた彩が顔を上げる。

「そのお酒は私の故郷の名酒です。蔵元から直接取りよせている地酒よ。気に入ってくださってよかったわ」カウンターから出てきた彩は野菜の煮物の入った器をのせた盆を運んでくる。

「この方初めてね。同業の方なの。亜逸多さん、紹介して下さい」徳利を傾ける傷だらけの白い手を、猪口で受ける大造寺はじっと見つめている。

M社の扶紫季と同時期にT警察署を担当したA社の記者だったが、その後事情があって米国の新聞社に移ったと説明した。彩には何もかもとっくに話してあったので、型通りの紹介である。大造寺は飲むのをやめて何事か考えるような表情をしている。

「当店が気に入ったので、僕も時々おじゃましたいな。あなたは店を取りしきるだけでなく、陶芸にも造詣が深いとか。今度作品を見せてもらえるとうれしいですね」彩を見上げて上機嫌である。初対面ながら興味を引かれたらしい。テーブルの傍らに立ったままの彩の方は伏目がちではあるが、時折鋭い眼差しになって大造寺の横顔を凝視する。何事か探っているような気配である。

「ところで整理部の件だが、どういうことなんだい」彩がカウンターに戻ると大造寺は話題を戻した。

「一度は社会部に入った。しかし、最初から分かっていたこととはいえ、改めて日本の新聞の通弊にうんざりした。政治家や役人、警察のリーク情報を押しいただき特ダネ競争に明け暮れる馬鹿馬鹿しさ。政治部だって似たようなものだ。そんなこと君だって分かっているだろう。だから社会部はすぐ辞めた。情報もらいの御用聞きよりいくらかましな整理部に移ったわけさ。紙面編集の仕事の傍ら自分のテーマにこだわって書きたい記事だけを書く遊軍を勝手にやることにした」大造寺が酒を注いでくれた猪口を口に運ぶ。

「それは勇気ある決断だな。組織の中では『わがままだ』という声が出そうでなかなか難しいだろうが、初心を貫いているなら立派だね」

離婚して父子家庭になった今、時間の確保という意味でも、社会部より整理部の方がいくらか自由がきいてよいと喋りかけて扶紫季は言葉を飲み込んだ。離婚、父子家庭と言えば当然「なぜ」となる。説明するのがわずらわしい。いずれ分かることなので、今は触れずにおこうと思う。

大造寺は扶紫季が証言した週刊誌のインタビュー記事「猥褻事件の容疑者とされた大造寺珍人氏は濡れ衣だった」を読んで礼を言いにきたらしいのだが、本当にそれだけなのだろうか。もっとほかに確かめたいことがあって会いに来たのではないのか。核心に入るのをためらって整理部のことなど話題にして周回しているとしたら。そう考えると、じりじりしてくる。

支局のダンスパーティーで婚約者と踊りながら美波の姿を追い続けていた大造寺の憑かれたような眼差を思い浮かべる。扶紫季と同じく美波の身体を包む微光に気付いた筈だ。直後から大造寺はおかしくなったが、あるいは踊る美波にもっと何か別のものを見たのか。他のことはともかく、美波への結婚申し込みの真相だけは確認しておかなければならない。

「ところで大造寺君、君にどうしても確かめておきたいことがあるのだが」扶紫季は声をひそめ、テーブルに両手をついて大造寺の目をのぞき込む。

「支局のダンスパーティーで出会った山緑美波さんに、あのあとすぐに君は結婚を申し込んだと山緑さん本人から聞いた。しかもフランス語で。婚約者がいるのになぜ、と手厳しく拒絶されたそうだが」

猪口を卓上に戻して大造寺は身動きをやめた。見る見る顔面蒼白になる。

「う、う、う」苦しそうなうめき声をもらす。目を固くつむり、左手の拳骨で5、6回、胸を強く叩く。

「あの時から僕はおかしくなったんだな」一息ついて喉の奥から声をしぼり出す。

「婚約者と踊っている途中でなぜか山緑美波さんに視線を奪われた。ぼーっとかすかな光に包まれたような彼女を見続けていたら、魂が吸い寄せられて心が空っぽになっていくようだった。婚約者を抱いていながら頭がぼんやりして、自分が自分でなくなっていく気がしたのだが、それがまた、えも言われぬ快感だったのだ」また数回、拳骨で胸を叩いた。見開いた両目から涙が流れ落ちる。眼鏡を外してテーブルに置き蒸しタオルで顔を拭く。

彩が気をきかせて通常の開店時間より2時間早く店に着いたので「しおじ」に他の客はいない。二人に遠慮してカウンターの中に入っていたらしい彩が一升瓶と自分用のコップを持ってふたりの間に割り込んで座る。

大造寺は腕組みして目を強くつむる。「やはり変だったな。ダンスパーティーのあと数日間、頭の中は光に包まれたように見えた美波さんのことでいっぱいで、仕事も手につかなかった。そのうち、婚約者がいる身なのに、どうしても美波さんと結婚しなくてはいけないという強迫観念に捕らえられた。理由は分からないが、やはり気が狂っていたとしか言いようがない。結婚したい気持ちはどんどん強くなって抑えられなくなった。矢も盾もたまらず彼女の家に押しかけた。あとは君が彼女から聞いた通りだ」大造寺は首をぐるぐる回しながら中座してトイレに立った。

「懲罰というか、大造寺さんの方もひどいことになっていたのね」また妙な物言いをしながら空になった自分用のコップに一升瓶から注ぎ足す。

席に戻った大造寺は顔を洗ってきたらしくすっきりしている。

「僕の変調はダンスパーティーで一緒に踊っていた婚約者も気付いたらしい。東京に帰ってじきに結婚したのだが、以前のようにしっくりいかなくなった。そして例の国会での事件。いくら濡れ衣だといっても信じてもらえなかった」。

「妻は『結婚する前から何だか変だと思っていたけれど、変質者と一緒になってしまったなんて』などとふさぎ込んでノイローゼになった」。

「『不潔でそばに寄るのも顔を見るのも嫌だ』と家庭内別居の状態が続いた。しばらく寝込んだあと、突如家出して行方不明になった。あのダンスパーティーから僕の人生は滅茶滅茶になってしまった」。

「それからどうなったの」彩が扶紫季を差し置いて先を促す。すでに三人で一升瓶を半分ほど空けている。

「妻の出奔のすぐ後で週刊誌に僕を庇ってくれた君の証言が載ったわけだ。僕の悪口や面白おかしくでっち上げた中傷記事が様々なメディアに溢れている中で唯一『濡れ衣』ときっぱり証言してくれた記事は地獄に仏だった。ダックスフントのこと、ばあやのこと、家の様子など極めて具体的で、その場に居合わせた者でなければ話せない説得力のある内容だった。だから小学生の女の子が盲目のダックスフントと重なってしまうという言葉に信憑性があった」大造寺は猪口の酒を一気に飲み干す。卓に置いたのに、すかさず彩が一升瓶を抱え上げて注ぎ足す。

「今日はもう店を閉めるから、三人で大いに飲もう」彩は席を立って行き、戸を開けて「都合により本日閉店します」の看板を表に出した。

「あの記事を読んでいたら、妻もノイローゼになったり家出しなかったのではないかと思う。妻は支局時代に君と会っているわけで君のことを知っている。信頼のおける人だと好感をもっていた。その君の証言と彼女も分かる筈だ。それで、妻がどこかであの記事を読んで君に何かしら接触してきてはいないかと思ったのだよ。実は妻は妊娠４ヶ月で腹に初めての子が入っているのだ」大造寺は両手で顔を覆い巨体を折って卓に両肘を突いた。

大造寺珍人は全身から尋常ではない気を発散している。人格が壊れてしまっているようだ。
扶紫季は猥褻事件は濡れ衣とかばったが、果たして……

## 〈11〉悲劇の絵解き

陽は水平線に没し空の茜色が紫がかった紺から黒に移り変わっていく。暮色増す大海原の遥か沖合に漁火が点々と浮かんでいる。ガラス窓に海風がごーという音と共に吹きつける。ビューホテル下の岩棚からも、どーん、どーんと打ち当たる大波の轟音が絶え間なく響いてくる。反対側の窓には内海沿いに遠く離れた市街への灯火の列がゆるやかな弧を描く。

あの日と何もかも同じだ。室内灯をしぼった朧ろな光に包まれたベッドの上で裸で女と抱き合っていること以外は。

「あの時もこうなりたかったのに。なぜあなたは婚約者のことなど忘れ、激情に身を任せて私を自分のものにしてしまわなかったの、裏切り者」

「冗談じゃない。『完璧で素晴らしい一番さんを選ぶことなど恐れ多くてできなかった』という、とち狂い女の陽子に感化されていただなんて」

合体したまま馬乗りになった女は扶紫季の胸に豊かな両の乳房を打ち当てながら叫ぶ。

この女は一体誰だろう。激しく唇を求めあい、両乳房を強くつかみ腰を動かしながら意識はぼんやりしていく。元妻ではない誰か、陽子か、彩か、それとも……。全く異なる顔立ちだと思っていた美波と彩がいつの間にか見分けがつかなくなってきている。

昼過ぎにビューホテルにチェックインした直後からずっと真っ裸でからみ合ってきた。女は何度も絶頂の叫び声を上げては果てる。

「あー扶紫季、扶紫季、なんて気持ちいいの」汗みずくになって束の間、扶紫季の胸の上にかぶさって息を整える。すぐまた飽くことを知らず、しがみついてくる。

山緑美波ならこうしたかっただろう。絶頂でこう叫び声を上げたに違いない。私は長い時間、真っ裸になって亜逸多扶紫季とからみ合っている。優しい愛撫と激しい突き上げの繰り返しにめろめろになり、深い快感の虜になっている。二人の愛の真相を探る体当たりの試みである。辛うじて理性を保って不在の美波の身代わり、代役を演じているつもりだ。途切れたままになっている私の小説作品をなんとしても紡いでいかなければならないのだから。しかし、この叫び、この快感は美波と私、どちらのものなのかあやふやだ。不在どころか、演じている私の内部にすでに美波が根を下ろしていて、私自身が美波に乗っ取られていっているのかもしれない。

彩にせっつかれてT市・半島への旅に出た。突然のことで、家族には「取材のための出張」、会社には「子供が病気」と、すぐバレそうな危なっかしい嘘をついた。

何年ぶりかのT駅は微かな磯の香と強い陽光が懐かしく古里に戻ってきた気分だ。しかし、旅程は2日のみ。感慨にひたる間もなく駅前の店に行きレンタカーを借りた。彩が終着地と定めているビューホテルへの道すがら、真っ先にA新聞社の支局をたずねた。支局長と6人の支局員は全員代替わりしていて、扶紫季を知っている者はいない。山緑美波についても同様だった。県立高校でも美波の消息はようとして分からなかった。何より奇妙なのは国語担当を含めた歴代の全教員の名簿に、その名が記載されていなかったことである。

石巻山山頂の石巻神社にも寄ってみた。鬱蒼とした森の中に古色蒼然とした石巻神社は以前のまま建っていた。しかし、美波が小門からでてきた向かいの大きな平家は存在しなかった。あたりは一面古木に覆われていて家が建っていたような形跡はなかった。

記憶の中に実在した筈のものがすっぽり抜け落ちていてめまいに似た感覚があったが、幻想的な電照菊のハウス群は健在だった。

むせ返るような菊の匂いの中で前回の抱擁が間違いなく再現されなければならない。「あなたが来るのをずっと待っていたような気がする」とささやくために。助手席から腰をねじって上体を傾けると扶紫季のたくましい両腕にしっかりと抱きかかえられた。「あなたが」と言いかけた唇を唇でふさがれた。

部屋を出てフロントのある一階のテラスから沖合の漁火を眺める。ビールの大ジョッキを半分ほど空けた彩はテーブルに戻しながら「ふーっ」と息を吐く。

「あれだけ激しい運動を続けて、身体中の水分が汗になって流れ出してしまったみたい」いつもの渋い和服がベージュの縞模様のツーピースに変わり、結い上げていた髪をほどいてヘアバンドをしている。そういえば、からみ合っている時から顔にかかってくる髪の毛がうっとうしかった。上気して艶が増した目の前のこの美しい女は本当に彩なのだろうか。

「そろそろこの辺で、あなたと大造寺さんを襲った悲劇の絵解きをしてあげましょう」女は残ったビールを2口、3口飲んでから切れ長の目でじっと扶紫季の顔を見つめる。

「山緑美波は、あなたが好きで好きでたまらなかったのよ。『結婚式を1ヵ月遅らせたら情婦になってあげる』という言葉は本気だった。言葉の専門家だからこその屈折した照れの表現だと思うけれど、恋人でも愛人でもない情婦なんていう言葉を口にするまで思い詰めた心中に何が生じるか、想像するだに恐ろしい。

その言葉をあなたが美波に言わせた。しかもそのうえで、彼女の願いを裏切った。さらに東京で結婚式を挙げたあと、T市で新婚生活を送った無神経さ。あろうことか、石巻山からそう遠くないアパートで毎晩のように元妻と汗みずくになって性交し、よがり声をあげてこれみよがしのように子作りに励んだわけよ。好きでたまらないあなたに裏切られたうえに、そんな仕打ちまでされて、美波はどれほど傷つけられ悲しんだことか」

何かおかしい、変だ。この女は何者だ。先程の長い性戯の間中抱いていた違和感が再燃する。

「どうして、アパートの中での夜の営みまで美波に分かるというのだ。それに君は一体誰なのだ」

テーブルの二辺をつかんで扶紫季は身体を乗り出す。

「美波の身代わり、美波に取りつかれた彩、あるいは美波そのもの。どれでも良いわ、どれも間違いではないから。私と美波が時間の経過と共に、そっくりになってきたのが分かっていたでしょう」

美しい女の切れ長の目は強く瞼を閉じてから開けるときれいな二重になっている。

それでもまだ、扶紫季の生きている空間は私の小説作品の舞台であり、美波も扶紫季も私が作り出した登場人物に過ぎないと断言することはやめておこう。本当に起こったことと自分が想像したことがごちゃごちゃになってしまった。どこまで扶紫季の話を聞いてから復讐の物語を思いついたのだったか曖昧だ。進行中の事実を自分の作品の一部分と断言する根拠もぐらついてきている。私自身も作者なのか登場人物なのか分からなくなってしまっているのだから。

「なぜ美波がアパートの中の夜の営みまで知っているかと言うとね」切れ長の目に戻った女は耳元まで裂けたかと思ったほど大きく口を開けふーっと扶紫季の顔に息を吹きかけた。岩棚の腐臭そのままの生ぐさいにおいに思わず息を止める。微かな菊の匂いも混じっている。

「山緑美波は人間ではないのよ。T市・半島に大昔から住みついていて陸も海も支配する地霊。だからT市・半島で起こっていることは何でも分かるわけ。あなたが支局に着任するため新幹線のT駅で降りた時にもどこかからか俯瞰していたのでしょう。大変な相手に好かれたものね」

「ダンスパーティーも、美波はあなたに会いに行ったのよ。あなたに自分の存在を印象づけるためにに、あなただけに見えるように微光を全身から発していたのだわ。大造寺さんこそ、とんだとばっちりね。何かのはずみで間違ってその微光を見てしまった。ただそれだけのことなのに、何ということ。そこから彼のはちゃめちゃで勘違い、転落の軌跡が始まった」

彩は半月ほど前の新聞記事の切り抜きをハンドバッグから取り出してテーブルに広げた。新幹線の中で交互に読んではため息をついた記事である。

A新聞の朝刊社会面の一段ベタ見出しは「痴漢の常習で元米紙記者実刑　東京地裁判決」とある。

東京地裁の裁判官は○日、痴漢の常習で東京都迷惑防止条例違反の罪に問われた米国紙の元記者・大造寺珍人被告＝逮捕後依願退職＝に懲役8ヵ月（求刑懲役1年）の判決を言い渡した。判決によると、大造寺被告は○年11月、営団地下鉄千代田線の車内で女子高生（当時18）の足に触った。裁判官は、大造寺被告が過去5年間に同種事件で3回も罰金刑を科されたうえ、3年前には懲役4ヵ月執行猶予3年の判決を受けたのに、再び痴漢行為に及んだと指摘。「再犯のおそれが否定できない」と量刑の理由を述べた。

大造寺が何かのはずみで偶然、美波の微光を見てしまったことが騒動の発端だというが本当のことか。それにしても、ここまでひどいことになるとは。確信をもって大造寺の身の潔白を証言したことの気恥ずかしさよりも、責任の重さ、事の重大さに押しひしがれて言葉も出ない。

「国会見学中の女児に猥褻行為を働いたのは濡れ衣でもなんでもない、本当のことだったのだわ。女児のパンツの中に指が入っていたのを見逃さなかった衛視はプロだったわけね。大造寺さんは痴漢の常習犯だった。この新聞記事の事件の発生日は『しおじ』で三人が飲んだ日の1年ほど前のことだし、あちこちで痴漢を続けていたのだわ。大造寺さんは人格が崩れて異様な気に包まれていた。狂っている。一緒に飲みながら観察して、それを確信したわ」

グラスにビールを5分の1ほど残したまま女が追加注文する。ボーイがチーズの盛り合わせとウィスキーかと見まがうしゃれた酒罎を盆に載せて運んできた。しなをつくって罎を傾け細長く形のよいグラス二つにそれぞれ半分ほど注いだ。

「当地自慢の名酒『潮騒』でございます。ごゆっくりお楽しみ下さい」

「そういうことだったのか。私の故郷である『潮騒』の産地とは半島のことだったのか。それでは、やはり君の正体は」扶紫季が持った酒グラスに女がグラスを打ちつけてきて、にっと笑った。

「石巻神社一帯を住みかにしている地霊の美波は、あなたに会いたくて東京の夜空に時々出没した。南西の風にまぎれ込んで遠いT市・半島から飛翔してM新聞本社ビルの回りを吹きあれた。根津寮も都合のいい所に建っていたものだわ。真ん前の根津神社の巨木や神殿の屋根は寮の中のあなた方家族の動静をうかがうには好都合の足場だもの。そこにとどまって、あなたの幸せをぶち壊しにする、たたり、復讐の筋書きを練り上げていたのよ。くわばら、くわばら」

さて私の作品は、やっと大団円を迎えることができそうだ。長い長い年月、美波は半島にやってくる夥しい数の男たちの中から好みの男を選んで交わっては、事後に頭から丸ごと食べてきた。カマキリの雌のようにね。長寿と美貌を保つために。もっとも不味ければ岩棚に吐き出して捨てたらしい。

これまでどんな男も微光で誘えばたちどころに手に入れられたのに、扶紫季だけうまくいかず、まだ食べられもせずぴんぴんしている。大造寺さんが間違って微光を見てしまい、錯乱して美波の所へ押しかけて結婚を申し込むという誤算があって、筋書き通りにいかなかったからだ。しかし、第三者が決して見てはならない光を見てしまったら、ただで済むわけがない。とばっちりとはいえ、美波が扶紫季を手に入れるための大事な手続きを邪魔した大造寺さんも許されなかったわけだ。懲罰を下されて人格が崩壊し痴漢常習者に堕してしまったことは気の毒といえばその通りだけれど。


大きな二重瞼を見開き女は再び耳許まで裂けるほど口を大きくあける。またも強烈に生ぐさい息を吹きかけてきた。

「やっとお前とまぐわうことができた。次は頭からかみくだいて食べる、それが順序だから。私の生ぐさい息は、まぐわった後に食い殺した数え切れないほどの男達の血肉が岩棚に染み込んだにおい」

美波ならこう言わなくてはならない。一人は狂い一人は食い殺される、たたりの復讐劇を完結させるために。魔性の地霊である美波の本領を発揮させるためには美波が奴を食い殺す見せ場が最後に必要だ。それが旅の目的なのだから。

それでも、子供たちのことを考えると決心が鈍る。どうしたらよいのか分からず、悩ましい。子供たちを捨てない、捨てられないで泣きごとを並べる扶紫季は一見、優柔不断で情けない男に見える。しかし見方を変えれば本物の勇気と愛を兼ね備えた男と言えるかもしれない。殺さず生かしておいてやりたい。それでも裏切りは償わせなくてはならない。子供たちにはかわいそうだが、お前を帰すわけにはいかない。お前はここで死ぬ。

二重瞼を見開いたまま女はまたも口を全開にして強烈な腐臭の息を扶紫季の顔に吹きかけた。

## 〈12〉裏切りは許さない

「やめてくれ、子供二人が己の帰りを待っている。母親に捨てられたうえに、父親の己までいなくなったら、どうなってしまうんだ」衝撃から立ち直れず目から光の消えた二人の哀しげな顔を思い浮かべて扶紫季はため息をつく。

しかし同時に、予期せぬ喜悦がふつふつとふくらんでくる。ああうれしい。美波か彩か、この魅力的な女に食われるなら喜びだ。頭のてっぺんからがぶりとやってほしい。「この女の胃袋に納まり血肉となってこの女と合体できるなら、それは愛だ」という甘やかな思いだ。

それにしても、己には愛はこんな形でしか訪れてこないものか。いや、己のことよりも、生みの母親に捨てられて悲嘆の底にいる娘と息子にはどうなのか。凍りついた心を温め励ます妙案も浮かばない。子供たちにはどのような形の愛なら可能というのか、教えてくれ。

「父子家庭が始まってから、一日も心身の休まる日はなかった。子供のためにと自らをふるい立たせて家事・育児と会社の仕事の両立を図ってきたが、本当はもうくたくただ。へなへなとうずくまって道端の石になって固まってしまいたい。もう一歩だって動きたくない。毎日毎日死にたいと思っている。いや、すでに死んでいる。生きながら死んでいるのだ。うれしい。どうか食い殺してくれ。頭からかみ砕いて食ってくれ。それが望みだ。「それは愛だ」扶紫季は大声で叫ぶ。


これはまずい。やめてくれと言ったと思ったら、次には食い殺されることが望みだ、愛だとは、番狂わせだ。食われるのを怖がるのでなくては面白くないではないか。

しかしまてよ。ここは冷静に見極める必要がある。ずっと続いてきた堂々巡りに決着をつけて大団円をしっかりまとめきらなくてはならない。殺すのか、それとも生かしておいて死ぬより苦しい父子家庭を続けさせるのか。母子家庭の7倍というすさまじい自殺率、心中率を思い出せ。どちらが美波の意に沿うのか。

暗い夜空の満天の星の煌きが増している。潮風が渦を巻いて吹きすさぶ。時折、雲なのか、右から左から得体の知れぬ真っ黒い塊が煌めきを遮って駆け抜ける。岩棚の強烈なにおいに負けず菊の匂いも強くなる。打ち当たる大波の轟音が高くなった。夜空にどよめきが広がる。大蟹や船虫がざわざわと動き回るなか、半島中の魑魅魍魎たちが一斉に歌い始めたのか。

ヘアバンドの女は席を立つ。腕組みして、ベランダを歩き回る。室内の灯火と星明かりがシルエットを作る。

決めた。「情婦になってあげる」の場面を再現するのだ。電照菊ハウスの時と同様に。そして扶紫季が前回のように、何も言わずに下を向いたら、飛びかかって魔物の牙で喉に食らいつき、一撃で殺す。やはり父子家庭をそのまま続けさせるのでは、何かしら間が抜けて見映えがしない。美波の復讐だもの、劇的な結末でなくては。

美波、美波、あなたの出番だ。土壇場で完全に姿を現して扶紫季の喉笛に食らいついて、長年の恨みを晴らしなさい。

ヘアバンドの女に手招きされる。扶紫季はふらふらと椅子から立ち上がり吸い寄せられるように女のそばへ近付いていく。

「あなたの情婦になってあげる。いいですか、情婦よ。トイレに行くから、帰ってくるまでに考えてイエスかノーか答えて」ヘアバンドをはずして長い髪を一ふりして真正面から扶紫季の顔を見つめる。星明かりを受けて大きな目が潤んでいる。

女の後ろ姿は仄かな微光に縁取られている。この微光のために大造寺は狂い、扶紫季自身は父子家庭の無間地獄に落とされた。なぜあの時、諾なわなかったのか。いや、まだ間に合う。時計の針を元に戻したい。あの時に戻ってやり直したい。

満天の星空を仰ぐと無数の星々が目の中に落ちてくる。情婦なんてとんでもない。愛人より、恋人より、妻よりもっともっと素晴らしい、名付けようのない至高の存在だ。「美波さえいれば何もいらない」胸が高鳴り、震える。身体の奥から激情が噴き上げてくる。

足音もせずいつの間にか戻ってきて脇に立っている女が扶紫季の顔をのぞき込む。

「決断しましたか」

扶紫季は一言も発せず力いっぱい女を抱き上げる。滂沱の顔を女の顔に重ねて慟哭する。唇をむさぼって舌と舌をからめる。女の身体が揺れ動き、火がついたように体温が上がってくる。全身の微光が強まる。

「ああ扶紫季、扶紫季」熱い吐息と共に大きな目に涙を浮かべて女も強い力で抱きしめてくる。

だめだ、だめ、だめ。こんな裏切りは許さない。ここは私の作品の中なのだ。作品を完成させるために筋書き通りの進行があるだけ。逸脱は許さない。

全能の神に等しい作者の力をふるってこの場面を書き直す。二人にやり直しをさせるのだ。

女と扶紫季は操り人形のように抱擁を解き、ぎこちなく1歩ずつ後ずさりする。しかし、すこし間をおいて女は頭を2度、3度回転させて怒髪になる。全身の微光は消えた。

「美波は扶紫季を殺すつもりがない、裏切るのね。いいんだね、それで。ならば私があなたの代わりを務めるのみ」切れ長の一重に戻った女は飛び上がって扶紫季に体当たりする。耳まで裂けた口を開けて扶紫季の喉に牙を突き立てる。どす黒い血が噴き出して二人は全身血みどろになる。驚きの目をむき扶紫季はベランダの鉄柵までよろめいていく。喉に食らいついた女は生傷と火傷跡の残る両手で扶紫季を抱いたまま両足に力を込める。二人はからみあって鉄柵を乗り越え、大波が打ちつける岩棚に落下していく。

ああ扶紫季、扶紫季、扶紫季。もう美波に遠慮はしない。本当は私もお前が好きだ。子供を捨てることができないお前が心底愛しい。お前がほしい。誰にもやらぬ。私一人のものだ。これでいい。扶紫季と一緒に岩棚に叩きつけられて死ぬことを選びとった。

私の作品はこれで完結。

満天の星空と黒い海、渦巻く風。異臭を増した岩棚に打ち当たる耳をつんざく大波。波の音に混じって合唱に似たどよめきが一段と大きくなり、幾重にも広がっていく。

# 魔物のナイフ

《1》

俺様が魔物であることを誰も知らない。ざまをみろと言いたいところだが、人間の格好をして街を歩くのは、どうもしっくりこない。歩くこと自体がまだるっこしい。二本の足を互い違いに間違わぬよう前に出すなどという面倒なことを発明したやつを呪ってやりたい。第一、肉体という容器が窮屈で不愉快極まりない。その上、ごちゃごちゃした家の連なる街並みや通りを歩く人間が薄汚なくちっぽけで眼にうるさい。腹立ちまぎれにいきなり雄叫びを上げてやったら切り紙細工の家々は吹き飛び人間共は蜘蛛の子を散らすように逃げまどうだろう。ギギ、ヒャッヒャ、ギギ、ヒャッヒャ。

駅前商店街にさしかかって人通りが多くなる。カバンの重さで腕はしびれ身体中のあざが熱をもってうずく。情けなさ悔しさ恐ろしさに追い立てられる。早く駅に着きたい一心で喜江屋成都《きえやなりと》は懸命に歩く。しばらく歩いてからすれ違う人間たちの無遠慮な視線を意識する。気のせいかと無視して歩きつづける。しかし、笑いをこらえた妙な表情の中年女の顔がせり出してくる。三輪車のペダルを踏む足を止めて凝視する幼児、早足で追い抜いてから振り返る若い男までいる。ひどく不快だが、心が萎えていて睨み返してやる気力もない。徐々に足が重くなって時計屋のショーウィンドーの前で自然と止まってしまう。ガラスに映った情けない姿の少年を自分と認めることに抵抗がある。真冬に白の体操着上下と薄い前開きセーターという格好が寒々しい。途端に鼻の奥がむずがゆくなってくしゃみが出る。ハックション、また一つ。鍵が壊れる寸前まで膨らんだ布カバンはやたらに重く、その重さを支える身体が大仰に反り返っている。マスクで顔半分を隠しているが、左瞼が青黒く膨れておりマスク自体も鼻の辺に血が滲んでいる。この風体では人の注意を引かない方が不思議だ。

あざのうずきがひどくなる。カバンに詰め込んだ学生服上下と髪から粘りつく毒液、小便の臭いが漂ってきているようだ。エンヤコラの醜悪なペニスが眼の前に浮かび上がる。「今度はチェインをお見舞いするからな」捨てゼリフまで耳に甦って思わず身がすくむ。途端に断末魔の油虫の位置に落ち込んでしまう。仰向けの腹にペニスのホースから毒液を浴びせられる苦痛と羞恥心から逃れたい、醜い手足をめちゃめちゃに振り回す。いやだ、もういやだ、助けてくれ、死にそうだ。

「喜江屋君、どうしたの、大丈夫?」

沢律子《さわりつこ》に肩を叩かれて我に返る。学校の裏門からずっと十メートルほど離れてついてきていたのだが、いつの間にか追いついたらしい。惨めな油虫の姿を見られてしまった。成都は羞恥の淵から這い上がることができず呆然としている。

「ひどい目にあったんですものね、どこか具合悪くなったんじゃない?」労りの言葉がかえってあざに沁みた。

「うるさい!」怒鳴ったつもりが、犬が絞め殺されるような奇声だった。気味悪さに自分でぞっとする。頭の中に炎が噴き上がる。反射的に駅の改札口めがけて走り出す。右手に提げたカバンの重さによろけながら、ちくしょうめ、このやろうめと呟いている。

恥辱の街から急速に遠ざかっている。満員電車の人波に漂い単調な振動のリズムに身を任せているうちに少し落ち着きを取り戻す。ぴったり寄り添っている律子が気になる。マスクを買うために学校の裏門脇のドラッグストアに入った。店から出てくると律子が待ち受けていたので驚いた。生徒はとうに下校しているはずの時間だった。あそこで断固として追い返しておくべきだったのかも知れない。自分の家とは正反対の成都の帰路に同行したいと言うのを返事もせずに歩き出した。一刻も早く学校から離れることしか頭になかったからだ。

駅を経るたび混雑が増してゆく。押されたり身体と身体がすれ合うたび、あちこちのあざに飛び上がるほどの痛みが走る。上半身が密着した律子はほとんど成都の肩に顔を埋めている。紺色のコートの下の柔らかな感触と温もりがそのまま伝わってくるようだ。盾代わりにカバンがなかったら全身が糊で貼り合わせたようになってしまうだろう。危機的な状況に陥りつつあるが、身動きもできずどうにもならない。

「もしも私のせいでひどい目にあったのならごめんなさいね」耳元で蚊の羽音ほどの囁きが起こった。今度はあざにしみるどころか、とろけるような音色だった。律子の真心が素直に嬉しかった。だが、なぜ殴られたことを知っているのか。疑問を抱いたが、すぐに、それどころではなくなった。律子の髪と襟首から立ち昇る甘酸っぱい匂いを吸い込むとのぼせて頭がくらくらする。ほんのわずかな身動きすら律子の生身への意思表示となりかねないのを恐れて全身を石にする。それでいて末端神経が本音の願望を代行しているといった貪欲さでコートの下の柔らかな感触を貪っている。自分の意思ではまだ指一本律子に触れないでいることを、刻々奇跡として確かめる神経の拷問に耐えるのが苦痛だ。気を散らすために吊り広告を眺める。間近の禿頭に残っている毛の本数を数える。眼を閉じて冷え冷えとした夜空の北斗七星を思い浮かべる。しかし何をやっても無駄だ。五感は密着した温もりに金縛りになっている。

しびれた頭の隅で巨大な悪意という考えが閃く。拳骨の制裁と毒液の小便のあとは脳をぶよぶよにする強烈な媚薬、とすれば次には何が待ち受けているのか。破局に瀕する前に、何としてもそいつの裏をかいてやらなければならない。

そうだ、俺は魔物だ。危うくそれを忘れるところだった。俺は成都の演技をしているのだ。巨大な悪意の術策にはまった成都のふりをして、もがいてみせているだけだ。

ギギ、ヒャッヒャ、ヒャッヒャ、ヒャッヒャ。

急勾配にさしかかって人波がどっと雪崩れうつ。あらがい切れずに巻き込まれ前後左右に引きずられ押されて散々に翻弄される。律子がカバンを持ったまま両腕を巻きつけてしっかりしがみついてきている。左手で吊り革を掴んだために盾代わりのカバンは横にずれてしまった。全く無防備で律子と抱き合う格好だ。下半身に予期せぬ昂りが起こる。成都の意志に逆らって昂ぶりは勢いを増してゆく。薄い体操ズボンを突き上げ律子の側へ食い込んでゆこうとするなりふり構わぬ力が漲っている。律子に悟られたに違いない。そう考えた途端に白マスクを染めるほど赤面する。息遣いが荒くなり額と腋の下から汗が滲んでくる。頭の中がくるくる回転し始め惑乱にのめり込む。昂ぶりは衰える気配もない。すでに気持ち悪く下着が汚れている。

成都の身体というのはどうしてこうも思い通りにならない粗悪品なのだ。しかも、あれだけ殴られ蹴られてガタガタになっているはずなのに好色さは人後に落ちないときている。俺様はあいつの身代わりになってやろうなどと考えたおめでたさを悔やまずにいられない。こんな粗悪品をつかませおった成都めを詐欺罪で訴えてやりたいところだ。それにしても、女の子の身体というのは柔らかくて良い匂いがして、むずむずしてくるほど心地良いのは確かだなあ。ヒャッヒャ、ギギギ。

電車のドアが開いて膨れ上がる一方だった人波がうそのように引いてゆく。私鉄線が交差する乗り換え駅で成都が下車する駅でもある。身体中の拘束が見る間に弛緩する。密着していた律子との間にも距離ができる。昂ぶりを咄嗟にだましおおす手がかりはなく時間稼ぎも叶わない。やむを得ずカバンを前に当ててそろそろとプラットホームに出る。勢いよく流れる人波を妨げる珍妙な服装でよたよた歩きの恥辱を後ろからついてきているはずの律子はもちろんのことプラットホーム中の人間たちにも見破られているような気がする。片っ端から噛みつき引き裂き踏み潰してやりたい。ぎりぎり歯ぎしりを始めると潮が引くように下半身の昂ぶりが納まった。

全ての禍の根が電車に乗っての越境通学にある。エンヤコラに殴られたのは律子と仲が良かったのを妬まれたこともあるが、元々越境通学自体が反感を買っていたのだろう。越境通学など嫌でしようがないのに全く踏んだり蹴ったりだ。朝夕の満員電車で否応なしに他人と身体を触れ合わせなければならない苦痛、それが若い女だったら最悪だ。程度の差こそあれ先程のような恥辱と自己嫌悪を味わわなければならない。

成都よ、お前にとってこの世は本当に地獄だったのだなあ。そうだ、成都のことだ、断じて俺様ではない。先程の醜態も借り物の成都の身体が勝手にやったことだ。いずれにしろ第一関門は通過した。次はいよいよ怖ろしい山姥、眼の吊り上がった成都の母親とご対面だ。小学校から成都に越境通学を強制してきた暴君。弱虫油虫の成都は恐ろしくて真正面から向き合うこともできなかったのだろう。俺様を油虫の成都と見誤って小言の速射を浴びせたら、どうしてくれよう。

高台の森の街の入り口にさしかかる。成都は通りの端から端まで見わたして人影がないのを確かめる。重いカバンを右手に提げ、左手でマスクの血が滲んだ辺と左瞼を隠して急ぎ足で通りに踏み入ってゆく。夕暮の気配が濃く寒気が厳しい。続けざまにくしゃみする。

宏壮な邸宅から邸宅へ鬱蒼と連なる木々から烏の群れが舞い上がる。気味悪い声で一斉に鳴き交わすと森の街を得体の知れぬ喧噪が駆け抜ける。

俺様に相応しい不吉な歓迎だ。烏も魔物の侵入に感付いて怯えているのだろう。街の一番奥まった所にある成都の家に帰って行くのだが、初めからこの調子では正体が露見せずに済むかどうか。まあ、それはその時だ。

「喜江屋君の家ってこんなお屋敷街なの。お金持ちなのね」律子の素頓狂な大声に、どきりとして歩みを止める。誰かに聞かれはしなかったか素早く通りを見回す。しかし驚きは同時に発見でもあった。この街で聞いた若い女の声が新鮮だった。街にはもともと子供が少ないうえに小学校から越境を続けてきたので友だちがいない。同年代の人間と一緒に街の中を歩くことなど絶えてなかったことだ。成都は心地よい余韻に浸っている。

「私、家庭科実習室で喜江屋君がひどい目にあっているところをドアの隙間から見てしまった。ほんの短い間だったけど。昼休みにデバ松があなたを呼び出しに来たでしょう。これは何かあるなと思ってこっそり後をつけたのよ。でも、あまり恐ろしかったので、すぐ逃げ帰ってしまった。本当は飛び出していって止めさせなければいけなかったのにね。私、意気地なしでごめんなさい」

電車内での不様さが極り悪くて顔を合わせないようにしていたのだが、思わず律子の方へ振り向いてしまう。つい先程、息がかかる近さにあった白い顔が背後の煉瓦塀から浮き出して少しかしいでいる。そういうことだったのか、律子が知っていたのは。全身のあざがうずき始める。憤りと恥辱、無念が混じり合って激しく渦巻き、頭がぼーっとしてくる。仰向けの腹に毒液、小便を浴びせられてもがく油虫の情けない格好を律子に見られてしまったのだろうか。いや、短い間と言ったのだから、そこまでは見られなかったのかも知れない。あー、いやだ、いやだ。醜い六本足を振り回して叫んでしまう。
少しかしいだ白い顔がじっと見つめている。そこに浮かんでいる憐愍と同情の色を読み取って、はっとする。

違う、違う、間違いだ。そんな眼で見るのはやめてくれ。気の毒がられるのは成都でなければならない。俺様は魔物なのだ。ギギ、ギギギ、ギギギ
それにしても、俺様は無意識のうちに成都そのものとして振る舞っていることが多い。先程も今しがたも、ちょっと油断していたら完全に成都の感覚に落ち込んで身悶えしたり叫んだりしてしまったのだから。余程気持ちを引き締めないと、本当に自分が成都ではなく魔物だと言い切れる自信を失ってしまいそうだ。何といっても現身の俺様の素材は全て成都のものなのだから。

煉瓦塀の途切れた所から石畳が始まり通りから三、四メートル引っ込んだ所に大きな石の門柱がある。鉄格子の門扉越しに広い芝生の庭園と古風な三階建て洋館が見えている。東欧の国の大使館だが、業務が終わったらしく門衛の姿が見えない。律子は庭内を覗き込みながら鉄格子にもたれか

かる。成都も並んで石畳に重いカバンをおろす。街路灯が一斉に点いた。

庭の繁みから茶色の犬がひょっこり現れた。首輪から鎖を引きずっており犬小屋から逃げ出してきたらしい。横目で二人を警戒しながら庭石に鼻を近付け花壇の枯れ茎を嗅いでは器用に後肢を上げて小便をかけてゆく。

小さな女の子が通りを散歩させているのを何度か見掛けた犬のようだ。気の弱そうなおどおどした態度が共通しているので、まず間違いない。犬は行きつ戻りつしながらそこいら中嗅ぎ回り匂い付けを繰り返す。間近まで来て立ち止まり確かめるように成都の顔を見上げる。二度、三度、曖昧に振った尾はそのまま動きを止める。いきなり成都に向かって猛烈に吠え始めた。不意討ちを食らって二人同時に門扉から飛びのく。威嚇するというより悲鳴に近い妙な吠え方だ。冷たく張り詰めた大気をやかましく掻きむしって幾筋ものひびを走らせる。マスクの顔が胡散臭いということか。成都は再び門扉に顔を近付けて犬の眼を覗き込む。


哀れな駄犬め、魔物の存在に気付いたか。愚かなやつめ。尾っぽを巻いてとっとと消え失せろ。

さもないと取って食うぞ。この眼光が分からないか。


散々鳴きわめいてからようやく成都の凝視に気付いたようだ。一瞬睨み合ったあと、犬は鳴き止んで、つと横を向く。道端の匂いを嗅ぎながら時々成都の顔を窺い見て洋館の方へ遠ざかってゆく。五十メートルほど離れてから振り返って一声吠えた。調子外れの声は気の抜けたコーラ瓶の蓋を開けた時の音のようだ。いわれなく睨みつけられたことに抗議するといった間の抜けた格好に成都は思わず苦笑してしまう。その時、植え込みから小さな人影が飛び出してきた。ひらひらの付いた服の金髪、色白のかわいい幼女だ。犬の仕返しといわんばかりに成都を睨みつける。鼻の頭にしわを寄せてあかんべをしてみせる。次の瞬間ぱっと身を翻して犬の後を追った。

「まあ、かわいい」律子が相好を崩して幼女の後ろ姿を眼で追う。

身体の向きを変えて鉄格子に背中をもたせかけた律子は陰鬱な表情に戻っている。静粛が戻ってくるとうるさい犬の鳴き声も現実感が急速に薄れてゆく。寒さが一段と増している。早く家に帰りたい。生理的欲求をどこまで捩じ伏せていられるか心許無くなってきている。

「エンヤコラが以前からね、喜江屋君と付き合うのをやめて自分と付き合えとうるさく付きまとうのよ」靴の先が苛立たしげに石畳を叩く。

「余所者の越境野郎、あっごめんなさい、エンヤコラの言葉なの。自分という者がいるのになぜ、余所者の越境野郎と付き合うのかって言うのよ。全く最低、あのゴリラ、私を何だと思っているのかしら。それでね、私と喜江屋君が仲が良いのを妬んで喜江屋君を殴ったのではないかと思って」

身体中の力が抜けてゆく。やはりそうだったのか。家庭科実習室でエンヤコラ一党がそれに類したことを口にしていた。しかし、そこまで律子に執着していたとは驚きだ。二人とも、崖っぷちまで追い詰められている。成都は明日以降も通学を続ける限りもっとひどい目に遭わされるかも知れない。律子にしてもエンヤコラの意思に従わぬ限り無事には済まないだろう。非力な自分は律子を守ってやることもできない。

成都の身代わりである俺様のことはいざ知らず、律子の問題まで背負わされるとは厄介なことになったものだ。はてさて、どうしたものか。

道路を挟んだはす向かいの小路から変わった身なりの老女が姿を現した。民族衣装のサリーの上からコートを羽織りスカーフの下から浅黒い上品な顔をのぞかせている。成都の家の隣の南アジアの国の大使館に二、三年前から見かけるようになった老女だ。顔見知りになってからは路上で出会うとうっとりするほど優美な笑顔で会釈してくれるようになった。老女はちらと二人に視線を投げかけただけでゆっくり通り過ぎてゆく。マスクのお陰で零落の身を知られずに済んだ。

「魔法使いのお婆さんみたいね」律子の形容に頷きながら成都はコートからはみ出したサリーの裾が足元で舞うのを見つめている。不意にエンヤコラ一党の憎悪の円陣の内側に落ち込んだ。頭、顔、腹、背中、所構わず蹴り殴りかかってくる二十四本の手足。両手で頭をかばい身体を海老曲げして逃れ出ようとする。やめろ、やめてくれ。惨めな油虫の視界からサリーは雲散してしまう。

「でもね、喜江屋君」律子がきっぱりした口調で向き直る。白い顔に心もち赤味がさして眼には強い力を湛えている。

「私、お返しをしてやった。いえ、二人分まとめて敵討ちしたのよ」石畳を叩く音が強くなった。

「何をしたって」余りのことに、思わず大声になっている。

律子が唐突に笑い出す。問いに答える代わりに悪戯そうに片眼をつむってみせたが、すぐ真顔に戻る。

「いまに分かる。エンヤコラたちがどんなことになるか、楽しみに待ってなさい。今日、ここまでついて来たのは、そのことをどうしても喜江屋君に言っておきたかったからなのよ。それから、もう一つ言っておかなければならないことがある。学校にナイフなんか持っていくのはまずいね。護身用のつもりでしょうけど。ナイフを持っている時にひどいことをされたら見境がなくなって相手を刺してしまうかも知れないじゃない。エンヤコラみたいな人間の屑だって殺したり傷つけたりしたら喜江屋君の一生は一巻の終わりっていうわけ」

成都は言葉もなくあどけなさの残る白い顔を凝視する。律子は一体何をしでかしたのか。そして、なぜナイフのことまで知っているのか。

不安に駆られて今一度問い直そうとした時、通りの入口から車が近付いてきた。成都は本能的に鉄格子から身を離す。電灯の陰になった門衛所の庇の下に隠れる。車二台がすれ違うことのできない狭い道幅いっぱいに赤紫色の大型外車がゆっくり走り過ぎる。運転席には案の定、母親の顔があったが、その横顔は沈んでおりひどく不機嫌そうだった。都心で経営している貸ビル会社での勤めを終えて帰ってきたはずだが、何か面白くないことでもあったのだろうか。律子と一緒のところを見つからないでよかった。ふーっと大きく息を吐く。

《2》

机の引き出しを開けて雑多な小物を並べた順番を確認する。この日課を終えないと安心できない。びー玉に小銭入れ、手鏡、ちびた鉛筆数本と誕生祝いにもらって一度も使ったことのない高価なペン、最初の一ページを書いただけの日記帳、ミイラになったトカゲの後肢一対。今朝最後に点検した時のままで母親に引っ掻き回された形跡はない。ほっとして一番端の定位置にビニール製の空のナイフ鞘を投げ入れた。

父親が使っていた古い机なので微かなかびの匂いがする。永年馴染んだ匂いを嗅ぐと安全な孤塁に戻ったという実感が湧く。手鏡を取り出して初めてマスクを外した顔を点検する。左瞼と右頬が青黒く膨れ上がっている。鼻血は固まっているが唇の裏側が切れてひりひりと痛い。セーター、ズボンの上から恐る恐る手で押さえると到る所にうずきの巣であるあざがある。襲いかかってくる手足の一撃を思い出すたびに身体の奥に蓄積された痛みが恥辱の炎に炙られて一度に燃え上がりそうだ。

この引き出しこそ、今朝方まで日夜うつらうつら果てしない眠りを続けていた故郷、我家だった。この机の隅に転がっていた何の変哲もない白柄のステンレスナイフに俺様はいつの頃からか潜んでいた。なぜナイフになど潜んでいたのか、その理由も思い出せないのだが。あの油虫は母親に叱られたり学校で嫌なことがあったりすると部屋に閉じこもってナイフを取り出して永い間眺めていたものだ。そして気味の悪いトカゲの肢に息を吹きかけながら何やらわけの分からぬ呪文を唱え眼を開けたまま夢を見始める。ナイフの中でうとうとしていた俺様はその呪文で眼がさめた。トカゲの肢に息を吹きかけられると身体中くすぐったくなって完全に眠気が吹っ飛び身体が動きだした。そしてナイフから抜け出して吸い寄せられるようにあいつの夢の中に潜り込んだ。俺様はあいつの願いは何でも叶えてやった。あいつが夢からさめて惨めな現実に立ち戻るまで根気よく付き合い、たっぷり良い思いをさせてやったものだ。あいつを背中に乗せて空を飛んだり、あいつがテレビや漫画で仕入れてきた妙ちくりんな怪獣や悪漢をやっつける手伝いもした。突然、騎馬武者になって一騎打ちの切り合いを始めたかと思うと、また出し抜けに航空母艦から発進する戦闘機の操縦士になることもしばしばだ。そのたび、俺様はヒーローに相応しい威厳を保てるように絶対負けない策を授け応援してやろうと右往左往しなければならなかった。全く夢の中までちゃらんぽらんな性格の反映というわけだ。第一もっとまともな夢を見られないものか。

空のナイフの鞘をじっと眺めていると目眩がしてくる。ナイフを投げつけるとは何と馬鹿なことをしたのだろう。失ってみてはじめてナイフの重さが分かった。ナイフを欠いたこの部屋も自分自身も中心を失ってふわふわ浮遊しているようで頼りない。それとも、あまりひどく殴られて感覚がおかしくなってしまったのだろうか。

ナイフを投げつけた直後、体内から湧き上がってきた熱の発作のような恐ろしい力はやはり魔物だったのだろうか。あの発作の最中に意識を失ったようなのだが、はっきり思い出せない。夢の魔物が願い通りに自分を食ったのだとすれば、今の自分は二重の夢の中に閉じ込められているということになるのかも知れない。

それにしても、律子にナイフの存在を知られていたとはうかつだった。ナイフをいつもそばに置いておきたくて何回かカバンに忍ばせて学校へ持って行ったのだが、護身用などとは全く曲解だ。

その辺のところを律子に分からせることは到底不可能だろう。律子が何かとんでもないことをしでかしたらしいが、なくしたナイフと関係があるのではないだろうか。イヤな予感がする。

部屋の奥の洗面台で顔を冷やそうと思う。椅子から立ち上がって歩き始めたが、何気なく本棚の前で立ち止ってしまう。入口側の壁の半分は天井まで本棚になっており部厚い全集や単行本がびっしり詰まっている。威圧感があってうっとうしいのだが、安全な孤塁を外界から隔てる堅固な遮蔽物程度の意味はある。普段は全く無視しているものの、今は気になる本がある。恐る恐る中程の棚を眼で探って一冊の本の背表紙に辿り着く。唯一開いたことのある『世界の偉人』だ。巻頭の写真の中のサリー姿、坊主頭に眼鏡の痩せた老人が即座に眼に浮かぶ。先程の老女と同じ南の国の無抵抗主義者だ。老女のコートからはみ出したサリーの裾が舞い始める。家庭科実習室でリンチを受けている時にほんの一時でも自分を無抵抗主義者に同化させようなどと思いついたことが滑稽に思えた。頭を振って慌てて老人の像を追い出す。

氷水のように冷たい水道水に顔を漬けていると気持ちがよい。シャワーを浴びて髪も身体も洗い清めたいところだが、母親が台所仕事をしているそばを通り抜ける時に顔を見られたら厄介なことになる。一階へ降りるのはいましばらく待つ方が賢明だ。顔を拭いて机に戻ろうとすると、今度はソファーの上の壁に架かった額入り写真に引っかかる。若き日の父親の写真だが、現在の成都といっても通用しそうなほどよく似た容貌だ。脚立に上がって間近から睨みつける。大使館の小さな女の子がやったようにあかんべをする。見れば見るほど腹が立ってくる。似ていることが我慢ならない。「この野郎」大声で怒鳴りつけ机の引き出しから黒マジックを摑み出してくる。もう一度怒鳴りつけてからガラスの顔の部分を塗りつぶしてしまう。

父親の死後、母親に言われるままに書斎を自分の部屋として使っている。母親が内心期待している本好きになることを拒否するために一切本には触れなかった。『世界の偉人』を開いたのは魔がさしたとしか言いようがない。蔵書も写真も全て放り出したいところだが、母親が承知するはずもなくやむなくそのままにしてある。

成都の全ての元凶は母親というより秀才の父親だったのかも知れない。できの悪い成都が父親と同じコースを辿らされたことが悲劇の始まりだ。父親が卒業した名門私立のH学園に入れと母親は絶えず成都の尻を叩いた。父親が歩んだコース通りに小学校から越境で隣区の公立校に通わせた。毎年多数のH学園中学合格者を出す有力校だからだ。成都の頭では当然中学受験に失敗した。ギギ、ヒャッヒャッヒャッ。ところがかわいそうに小学校を卒業すると、またもや隣区の有力公立中学校に入れられた。今度はH学園高校を目指せというわけだ。自分の子供の頭の中身を知らない母親も愚かだが、あの油虫は能力もさることながら根気というものが全く欠けていた。塾に行かされても家庭教師を付けられても、直に嫌になってやめてしまった。いくら尻を叩かれてもどうなるものでもない。つい先日、成都のやつは担任の鉄仮面から今のままでは来年のH学園高校受験は到底無理だと言い渡されている。本当に成都よ、お前はつらい目に遭うために生まれてきたようなものだな。いや、生まれてきたのが間違いなのだ。従って俺様に食われることで悲劇がストップしたことを感謝してもらわなければいけないということになる。ギギ、ヒャッヒャッヒャッ。

部屋の暖房が効いてきた。乾いた髪と身体から粘り付く毒液、小便の匂いが漂い出してきているような気がする。雫を滴らせたエンヤコラの醜悪なペニスが象の鼻ほどの大きさに脹らんで眼前に迫ってくる。今にも毒液を発射しそうだ。「今度はチェインをお見舞いするからな」忘れようとしていたしゃがれ声が部屋一杯に響きわたる。油虫の足をもがくがどうにもならない。抗えぬ力にぐいぐい引きずられて恐怖の部屋、家庭科実習室へ連れ戻されていく。

《3》

椅子に腰かけたまま成都は朦朧としている。薄眼を開けて身体と平行になった天井の染の広がりを眺める。随分永い間、同じ格好でいるような気がする。

「くたばっちまったんじゃねえだろうな」「なに大丈夫よ、頭を打って気絶しただけだろう」足元の方でデバ松とエラの声がする。

昼休みの教室で弁当を食べかけたところを「顔を貸してくれ」とエンヤコラの子分のデバ松に呼び出された。エンヤコラの卒業を控えているだけに卒業記念パーティーという名のリンチを加えられると直感した。一度狙われたら断ったり逃げたところで無駄だった。その場を切り抜けても必ずいつかやられるに決まっている。覚悟を決めた成都はさりげない風を装ってあっさり承知した。どうせ殴られるなら堂々と殴られてやろうという精一杯の虚勢がある。怯えをわずかでも気取られたくなかった。

校庭を三方から取り巻いた小高い岡の南側斜面に鰻の寝床の木造二階建て校舎が一繋りに並んでいる。勾配をならすために廊下は階段の連続だ。最底辺の校庭に面した教室から岡の上の家庭科実習室に向かって延々と続く階段を昇ってゆく。後ろからついてきているデバ松は護送の警吏で自分は絞首刑台に追い立てられる囚人の心境だ。徐々に恐怖が広がってきて、わーっと叫んで逃げ出したくなるのをこらえている。

階段の途中の最初の平垣地である職員室前で部屋から勢いよく出てきた鉄仮面と鉢合わせしそうになった。成都は身体を引き顔を背けて行き過ぎる。怪訝な顔で二人を眺めた鉄仮面に助けを求めれば、あるいは災難から逃れられるかも知れない。しかし、そんなことをしたら学校中の物笑いになるだけだ。大体、教師というのはこの世で最低の人種ということになっている。鉄仮面はその教師の中でも最悪だ。英語の担当で剣道も三段とうわさされている。文武両道を標榜し筋肉の塊の巨体で相手を圧倒する。些細なことですぐ生徒を殴るのでも有名だ。浅黒い顔面にニキビ痕がクレーターのようになった醜怪な容貌はモンスターというのがふさわしい。そんなやつに助けを求めるくらいなら黙って殴られる方がましだ。そうだ、殴られる方がましだ。小声で呟くと少し気分が楽になった。

家庭科実習室には微かな香料の匂いが漂っている。エンヤコラをはじめ校内の不良グループ六人が勢揃いしていて素早く成都を取り巻いた。後ろでデバ松が勢いよくドアを閉める。薄笑いを浮かべたにやけ顔、ぴちゃぴちゃ音を立ててガムを噛むやつ、唾を吐き散らしながら指の関節を鳴らすやつもいる。エンヤコラがずば抜けて大きいほかは大小様々で髪もスポーツ刈り、パーマ、七三分けとばらばらだが、全員がひどく似通った印象を受ける。上から二つめまでのボタンを外した学生服、カラーの内側の色物のスカーフ、念入りに折り目をつけたズボンという出立が共通で制服ででもあるかのように見えるためらしい。

「図体がでけえからって面まででかくすることはねえんだぞ」エンヤコラが大きな鼻の穴に指を突っ込んだまま口火を切った。浅黒い皮膚、太い眉、大きな眼と鼻、やくざ映画の俳優にでもしたら似合いそうな顔に憎悪の隈取りが浮かび上がっている。

「お前、だいたい他所の区じゃねえか。越境なんて汚ねえことやってるやつは遠慮して小さくなっていなけりゃいけねえんだよ」「色男気取りで沢律子とでれでれやりやがって。余所者にわれらのアイドルにちょっかい出されちゃ面白くねえのよ」子分たちが後を引き取った。

こうした状況での抗論は敵を喜ばせるだけだ。言葉の挑発に乗ることは無力ないけにえをなぶるサディスティックな快感に薬味を効かせてやるようなものだからだ。成都は無言を決め込んで突っ立っている。平静を装おうとするが四肢の力が抜けてその場にしゃがみ込んでしまいそうだ。

「卒業の置き土産をやるぜ」エンヤコラがしびれを切らしたように怒鳴り、それを合図に前後左右から襲いかかってきた。顔、背中、腹、腰、至る所に激痛が走る。憎悪の円陣の内側をたらい回しされ二十四本の手足で身体中を強打され蹴られた。フル回転の洗濯機に放り込まれたような衝撃だった。足がふらつき倒れかかったはずみに間近の椅子に腰を下ろしてしまう。途端に止めの一撃といわんばかりにエンヤコラの大きな上履きで胸を蹴り上げられた。椅子ごと引っくり返って床板が割れたかと思うほど大きな音がした。しばらく混沌としていた意識がはっきりしてくると床に打ちつけた後頭部、黒の学生服の胸に焼きごてを当てたようにくっきりと白い跡になった靴型の下が激しく痛み出した。忽ち、うずきが全身に広がった。

気絶したわけではないが、打ち倒された身体を起き上がらせる手がかりは何もない。眼を閉じ気絶したふりをして天井と平行になって椅子に坐りつづけているしかないと咄嗟に判断した。身体中ずきずき痛む。鼻血が頬を伝わって流れる。口の中も血だらけになっているようだ。唾液に生暖かいものが混じっている。もう終わったのだろうか。しかし、六人が部屋を出て行く気配はない。全員が無言で歩き回る音、咳払いや机、椅子をがたがたいわせる音が聞こえるだけだ。終わったどころか、突然顔を踏みつけられたり、もっとひどいことをされるのかも知れない。

恐怖が耐えがたいものになってくる。何かしら支えがないと頭がおかしくなってしまいそうだ。ぼろぼろになったプライドのかけらを掻き集めて堅固なものに作り直す鋳型を見つけ出そうと必死になる。最初に浮かび上がってきたのは、よりによって負け犬だった。仰向けになって強敵に腹を見せ哀れっぽい鼻声を上げる姿がぴったり自分に重なってしまい、慌てて打ち消す。次には、心ち口を開けて二つの鼻孔に綿を詰められた死人の顔が見えてくる。濛々とした線香の煙と読経の騒音とは無関係にひっそりとまどろんでいるようだ。取り囲む人間たちから遠く隔って最早如何なる呼びかけ、慟哭にも心煩わされることはないだろう。逆にただ寡黙に横たわっているだけで、見下ろす者たちを或る極限の思いにまで追い詰める微笑の死面。傍に添い寝して微動もせぬ屍体になったつもりで完全な無感覚に陥ろうと試みる。しかし、途中で死人の顔が自分のそれとよく似ていることを思い出してしまう。途端に心は波立って死の静謐は雲散霧消してしまった。

三度目の正直は南アジアの国の無抵抗主義者の老人の穏やかな顔だ。『世界の偉人』の中のサリーを着て坊主頭に眼鏡の奥の眼が柔和な老人である。これだ、と手を打って叫びたいほどだった。敵を殺す蛮勇より無抵抗を貫いて敵を圧倒する勇気というものを考えると胸が熱くなる。非暴力の死をも恐れぬ澄みわたった勇気が凶暴な侵略者の後ろ暗さを鏡のように映し出し白日の下に暴き出すことで凌駕してしまうだろう。成都はプライドどころか、自分をまるごと型取り直す最適の鋳型に飛び込んだ。無抵抗主義者になり切ってサリーの裾を摑むつもりで学生服のそれをそっとまさぐる。自分は負け犬ではない。最高の勇気の形、無抵抗なのだ。そう思うと少し心にゆとりができる。薄眼を開けて巨木のように立ち並ぶ非道な帝国主義者、凶暴な弾圧者たちを眺め回す。恐怖を払拭するために無抵抗主義者の尊厳の身振りを真似ようと考える。銃剣の前に楽々と身体を伸ばすつもりで手足を徐々に動かし始める。

顔に勢いよく水がかかった。生臭い温水が飛沫を上げて額に注がれ顔も髪もずぶ濡れになる。けたたましい哄笑が起こる。顔の水滴を手で拭うと眼の前にエンヤコラの生白いペニスが気味悪い生き物のようにぶら下がり雫を落としている。子分たちが身を捩って笑い転げている。身体の中で何かが炸裂する。頭に血が昇って我を忘れて跳び起きる。エンヤコラめがけて飛びかかったが、一瞬早く複数の足が伸びてきて再び小便の海に蹴倒された。成都は自制が効かなくなり、涙を流して大声でわめきながら誰彼の見境なく足を摑んで引き倒そうとする。そして、そのたび蹴倒された。毒液を浴びせられ、なぶりものにされて断末魔の身悶えをする油虫になった。仰向けのまま呻き声を上げ、なりふり構わず涙を流して醜い手足をばたつかせる。誇り高い受難者どころか、最後の一片の矜持まで打ち砕かれて汚物にまみれ床にはいつくばる虫けらに過ぎない。

「気をつけろよ、これに懲りずに、まだ沢律子といちゃいちゃ続けたら、今度はチェインをお見舞いするからな」無限とも思えた崩落の時をエンヤコラの大声が断ち切った。レスラーのような巨体が耳のすぐ脇の床を軋ませて通り過ぎた。お供のしんがりのデバ松が唾を吐き散らして部屋を出て行った後、成都は小便漬けになったまま永い間天井と向き合っていた。


大きなくしゃみが出て我に返る。元の教室で自分の椅子に腰かけ机に肘を突いてぼんやりしている。後頭部の瘤から始まって身体中のあざがうずき左瞼が痛みと熱を伴って脹れ上がっている。百メートル競走の練習をしていた陸上部員の姿も消えており校庭は突然停止した時の底に沈む。石油ストーブの消えた教室は冷え込んできている。家庭科実習室の流し台で頭と顔を洗い身体も拭いた。六時限目の授業が終わり皆が下校したのを見計らって、こっそり教室に戻ってきた。小便漬けの学生服とズボンはカバンに入れ体操着と前開きセーターに着換えて後始末を終えた。早く家に帰りたいが、まだ何処かにエンヤコラ一党が待ち構えているような気がしてぐずぐず時間稼ぎをしていた。

ふと思いついてカバンのポケットから白柄のステンレスナイフを取り出す。ずっしり重い手応えを感じ、ただの果物ナイフが宝刀に見えてくる。なぜもっと早く気がつかなかったのだろう。孤立無援のどん底で、やっと希望が出てきた。鈍く光る刀身を凝視する。しかし、トカゲの肢がない。周囲を見回しても代用になりそうなものもない。やむなく自分の手の甲に息を吹きかける。

ソクノヌイロチオクバイス・ヘノアカカケダクオイカセ・コボンチノリアヨデイクヨリマ

幾度も呟いて惨め極まる現実からの遁走を試みる。無念、絶望の深さが或る深淵に届けば孤塁での定まった手順を踏まなくても願いが叶えられるのではないかという期待がある。鈍い光の中に揺らめく影を見逃すまいと凝視しつづける。しかし、痛みと情けなさ、恐ろしさで頭は混乱し心を集中できない。何よりも、うずきの巣である身体が自分のものではなく、自分が自分でなくなってしまったような虚脱感がある。しばらく眺めていても何も見えてこない。刀身をこすり手の甲に何回も息を吹きかける。厭わしい記憶を振り切りたくて頭を激しく振る。それでも何の変化もない。

ナイフの鈍い光がぼーっとかすむ。涙が頬を伝う。誰にも相談できず救いを求めることもできない。越境通学も理不尽に殴られるのももうたくさんだ。無抵抗主義者の尊厳などとは無縁の醜悪、奇怪な何物かに姿を変えるのでなくては、もう生きて行けない。断末魔の油虫のままなら、いっそ死んでしまいたい。死んでしまいたい。はっきり声に出すとまた涙が流れる。頭がかーっと熱くなって成都は手にしたナイフを振り上げ板壁めがけて投げつけた。しかし、手元が狂ってナイフは大きな音を立てて窓ガラスを割り校庭に飛び出した。

身体に火がついた。頭がしびれ身体が大きな力に振り回されてぐらぐら揺れる。うわっと叫んで跳び上がる。身体の中にぽっかり穴が開き狂おしい力が入り込んできている。ナイフの魔物以外のものであるわけがない。やっと願いが叶えられた。

頭や心臓、手足を激しい勢いで内側から突き上げる力は大きくなる一方で、今にも肉を突き破って噴出しそうだ。じっと立っていることができず力に押し上げられるままに二歩三歩よろめき歩く。魔物はいきなり汚辱にまみれた成都の体内を食らい始める。鋭い歯が肉や骨をむしり取る気味の悪い音が聞こえる。何か変だ。いつもと違う。どうなってしまうのか。しかし、魔物の仕業であることは間違いない。安心して成り行きに任せる外はない。

鋭い痛みと鈍痛とが交互に襲ってくる。魔物は臓物も骨、肉も次々に呑み込み噛み砕き血を啜る。貪り食う快感に酔ってか、押し上げるだけだった力が踊り狂うように波打って揺さぶられる。

生身を食われる痛みに脂汗を流して身悶えながらもとろけるような快感を覚えている。油虫の卑小な五体は痛覚の輪郭だけを残して素晴らしい勢いで消去されてゆく。痛みが激しければ激しいほど、受け入れがたい現実が確実に夢の断片に瓦解してゆくだろう。

膨れ上がる魔物の内側では咀嚼された血肉が瞬く間に新たな血肉を形造る。最後の一片まで食らい終わった魔物は元のままの成都の姿を借りてこの世に出現した。魔物の成都は恐ろしい声で咆哮する。

《4》

「お返しがどんなことかって言うの。ははは、そんなこと気にしていたの。あててご覧なさい」電話口から陽気な声が迸る。

二人分まとめて敵討ちしたという声が頭の中で固い核になり時が経つにつれて重苦しく膨らんだ。この上また厄介なことに巻き込まれるのではかなわない。思い余って電話をかけたのだが、初めから軽くいなされて面食らう。電話口の向こうでくく…と鶏の鳴き声に似た音がする。

「では教えてあげましょう」笑いを抑えて苦しげにそれだけ吐き出して、またひとしきり笑いこけている。何がそんなにおかしいのか、馬鹿にされているようで腹が立ってくる。

「あのね、私、喜江屋君のナイフを職員室に持って行ったのよ」なお笑い声でとんでもないことを言った。笑っているが決してうそではないと直感した。成都は吹き飛ばされそうな身体をやっと支えている。

「このナイフはエンヤコラのです。子分たちと一緒に二年三組の教室の窓ガラスに投げつけて割ったところを見ましたと匿名の手紙を付けて職員室の入口に置いてきたのよ」笑いが頂点に達して壊れた目覚まし時計のけたたましさだ。受話器までかたかた音を立てそうだ。敵討ちとはそういうことだったのか。頭が混乱してどう判断したらよいのか分からない。大変なことになったということだけがはっきりしている。

「もちろん、本当にガラスにぶつけたのは喜江屋君だということは知っているわよ。あんなひどいことをされて、何かに八つ当たりしたくなったんでしょう。気持ちは分かるわ」笑いが止んで、ひどく生真面目な調子に変わる。律子に秘密を知られていたことが分かって今更ながら背筋が寒くなる。

「教室に戻って待っていたけれど昼休みが終わるころに帰ってきたのはデバ松一人。午後の授業が始まって国語、美術と続いてもまだ帰ってこない。そうそう、あなたの弁当箱は私が片付けたわよ。先生たちはなぜ喜江屋君の姿が見えないのかと聞くだけで怪しむ様子はない。喜江屋君が大怪我をして倒れているのではないかと考えると居ても立ってもいられなかった。意を決して先生に訴えようと立ち上がりかけたらデバ松がくるりと後ろを向いて恐ろしい眼付きで睨んだの。私は足が震えて声も出せずそのまま腰を下ろしてしまった。怖ろしくて悲しくて顔を隠して誰にも悟られないように泣くことしかできなかった」平静な語り口がそこだけ、ひどく悲しげになる。

「放課後になって何度か家庭科実習室へ行こうと思ったけど、エンヤコラたちがうろうろしていそうで、それもできなかった。とうとう下校チャイムが鳴り出したので教室にもいられなくなって校舎の後ろに隠れていたわけ。しばらくして教室の戸が開く音がしたから、やっと喜江屋君が帰ってきたと思って恐る恐る裏庭から廊下へ上がりかけたら、いきなりガチャンでしょう、びっくりしたわよ。校庭へ回って教室の下へいくと白柄のナイフが落ちていたからまたびっくり。カバンの中に入れているのを見たことがあるからすぐ喜江屋君のと分かったもの。誰かに見つからないうちに急いで始末しなければと考えて裏庭のゴミ箱へ向かう途中、不意に職員室へ持って行くことを思いついたんだわ」一気にしゃべり終えて深呼吸する音が聞こえる。

教室の窓ガラスを割った直後に誰かが窓の下に駆け寄り、すぐまた走り去る足音を聞きながら、忘我の状態に陥ってしまったためどうすることもできなかった。我に返ってから窓に近付き校庭を見下ろしたが案の定ナイフはなくなっていた。身体の一部をもぎ取られたような喪失感は絶頂の昂揚を帳消しにしかねないほどだった。

濡れ衣を着せてのざん言と、そこまで追い詰めた者たちの絶え間のない威圧、暴力とは恐ろしさという点でほとんどバランスがとれている。律子の行為を卑劣と極めつけることはできない。むしろ、自分のために律子がそこまで恐ろしいことをやってのけたことがひどくうっとうしい。

足音を忍ばせて台所に近付き戸口から覗き込む。うまい具合に母親の姿が見えない。学生服とズボン、着替えの一山を抱えて大急ぎで居間を横切り脱衣室に入る。素っ裸になって毒液で汚染された衣類を全て洗濯機に放り込み洗剤をたっぷり振りかけてスイッチを入れる。汚辱と悪臭の源を始末するモーターの唸りが快い。早く早く何もかも洗い流せ。風呂場に入って改めて点検すると全身が青あざだらけだ。油虫の醜い足がうごめき始め慌ててシャワーを全開にする。激しい水音と快い温もりに包まれて醜い足のうごめきが止まった。身体中泡だらけにして頭から足の先まで力を込めて揉み擦る。あざのうずきも浄化の過程と我慢する。すっかり洗い終わってからも熱いシャワーを心地よく浴びつづけている。

何の必然性もなく下半身に変化が起こった。そっと掌に包むと生き物のように自己主張して膨脹する。鋼の固さになって痛いほどだ。満員電車で密着した律子の柔らかい温もりを思い出す。髪と襟首から立ち昇る甘酸っぱい匂いが甦ってくる。浮き上がるような快感に捕らえられて自然に手が動き始める。初めはゆっくりと、徐々に速度を増してゆく。浮揚感がぐんぐん高まる。エロティックな色や形があたり一面に飛び交う。

もっと腰を使え、もっと。あのコートも制服も下着も脱がせてしまえ。柔らかく白い裸身を撫で回し押し開け。とろけるような肉襞の内側へ押し入れ。もっと鮮明に、もっと生々しく思い描けないのか。くそ、何と貧弱な想像力だ。あーたまらん、もう死んでしまいそうだ、ギギギギ、ギギ。

シャワーの水音に、くくくという鶏の鳴き声が紛れ込んだ。鳴き声はひとしきり続き、突然哄笑に変わる。浴室の空気がびりびりと震えるほどの大音響だ。白い裸身が膨脹を始め見る間に小山のような巨体になる。もやもやしたエロティックな色や形の断片が消えかかる。鋼の固さが弛緩しそうだ。自らを励まして手の動きを最大限にする。くそ、この野郎、こんな時に。哄笑から逃れて行為に没入するために全ての感覚を手先に集中する。やっと頂きに登りつめ、ふわっと宙に浮いたが、中途半端のまますぐ墜落した。

「その顔は一体どうしたの」二階への階段に足をかけようとした時、廊下の向かい側の納戸から出てきた母親と顔を合わせてしまった。先程車の中に見た沈んで不機嫌そうだった顔が頂点に達して眼が吊り上がり口元が歪んでいる。

「どうしてそんなひどい顔になったのか、ちゃんとわけを話してちょうだい」甲高い声には罪人を詰問するような容赦ない響きがある。

かわいそうな成都はこの声でどやしつけられるたび、震え上がったことだろう。この俺様ですら思わず跳び上がりそうになったのだから。全く忌々しい婆ばだ。

「返事をしないつもりね」激昂した声は益々甲高くなる。睨みつける眼は凄みを増し胸の前で握り合わせた両手が震えている。

「そういう態度ならいいわ。この際、色々言っておくことがあるからいらっしゃい」くるりと背中を向けた母親はぎこちない足取りで歩き始める。勤めから帰るのが遅くなった時のスタイルで外出着の上から割烹着を引っかけているのが分かる。小言を聞かされるのなど真っ平だ。無視して二階へ駆け上がろうか、一瞬考える。しかし、眼は母親の背中に吸い寄せられる。女としては大柄で肉付きのよかった少し猫背の背中が以前より一回り小さくなったように思えてはっとする。風船の空気が抜けるように対抗心がしぼんでしまう。成都は渋々母親の後に従う。

「あなたは私がなぜ亡くなったお父さんの会社を引き継いで慣れぬ仕事に神経をすり減らしているのか知っているはずよね。あなたがお父さんのように立派な学校を出て会社の経営が出来るようになるまではと一生懸命やっているんだと何回も話したわね。みんな、あなたのためなのよね」台所の食卓を挟んで向かい合って坐った母親は自分自身の言葉に煽り立てられて昴ぶりを増してゆく。身体の奥に中途半端に終わった快感の燃え残りがくすぶっている。白い裸身の断片がまだ周囲に漂っており夢うつつのままでいたかった。小言機械の煩わしさは普段の比ではない。

会社なんかいらない。あなたのためなどやってくれなくていい。第一、そのご立派な学校に入れないことは、はっきりしている。いやいや待て。そうしたセリフは成都のものだ。だが、成都のやつめは本当に八方塞がりだったのだなあ。俺様がやつの代わりに生きてゆくにしても難題だらけだ。

「それなのに勉強もしないで下らない喧嘩沙汰だなんて。何よ、その顔は。シャワーを随分永い間使っていたみたいだけど、一体学校で何をしてきたのよ」恐ろしい形相の尋問者は返答を待って睨みつけている。

成都は母親と顔を合わせるのを避けて少し斜めになるように椅子に坐り直す。何を説明しても事態はさらに面倒になるだけだ。答えられぬ問いは無視するしかない。台所の調理台のまな板の上にイカやむきかけの海老が載っている。成都の好物の天ぷらの準備をしていたらしい。ひどく腹が減っていることに気付く。

追い詰められると成都のやつは必ず誰か別の人格に入れ替わってその場を凌ごうとする。今のような場合なら、さしずめ検察官のでっち上げの論告に耳を傾けながら被告無罪の確信を胸に反論の機会を待つ正義の弁護士といったところか。そうなると、またつまらぬテレビ番組の模倣だ。だが、笑止なことに、妄想中毒患者のあいつは本当に自分が弁護士になった気になってしまう。惨めな現実を忌避しようとする余りなのだが、そのために結果は大抵裏目に出る。家庭科実習室で父親の屍や無抵抗主義者に同化しようとして無残な結末を迎えたのがよい例だ。妄想中毒といえば、俺の眠りもいつもあいつの妄想で中断された。あいつが眼を開けたまま見る夢は妄想そのものだ。あいつが変てこりんな呪文を唱えながら妄想を始めると俺は眼がさめた。起きている間、俺様のやることといったら、あいつの妄想の中に滑り込んで手助けしてやることだけ。役目が終われば、またナイフに戻って眠りにつくしかなかった。してみると、この俺様も、あの油虫の妄想から生まれ、同様に妄想によってナイフに住みつかされたはかないあぶくのような存在なのかも知れない。忌々しい限りだが、たぶん本当のことだろう。だが、そうなると自分の妄想に食われた成都と、その成都になり代わった妄想の魔物である俺様と妄想が妄想を呼んで話はややこしくなる。ヒャッヒャッ、ギギ、ヒャッヒャ。

「どうしてわけが言えないの。最近のあなたはどうなっちゃったの。大体、同級生の女の子といつもべたべたしているそうじゃないの。成績だって上がらないわけね。なぜ私が何もかも知っているか教えてあげましょうか。一週間ほど前に担任の先生に呼び出されたのよ。勉強に熱が入らないので成績が下がっている。今のままではH学園高校受験は無理ですって。越境通学をしてくる以上、H学園を目指して一生懸命勉強するのが当たり前。H学園中学の受験に失敗しているのだから塾に行くか家庭教師につくかして当然だが、それもしていない。本人にやる気がないなら地元の中学に通わせるべきだって。随分侮辱的なことも言われたわ。越境のために寄留するのだって少なくない金がかかっているだろうが、お宅のお子さんでは金をドブに捨てるようなものだ、ですって」

誰も好き好んで越境なんかしているわけではない。お前に命じられた通りにしてきただけだ。そのお陰で毎日しんどい電車通学を強いられ学校では越境を理由にひどい目に遭わされた。いや、だめだ、だめだ、また成都に戻ってしまう。隠忍自重して何事も聞き流せ。それにしても、律子のことまで告げ口するとは、さすがに鉄仮面だと言う外はない。しかし、成都もとっくにH学園高校受験が不可能だと鉄仮面から申し渡されていながら母親に言いそびれていたのだ。母親への引導渡しをやってくれた鉄仮面に感謝すべきなのかも知れない。

「見てご覧なさい、あれを」母親が顎をしゃくる。

大ガラス越しに眼下の埋立地のくすんだ街並みが街路灯の薄暗い灯火に浮かび上がっている。夜眼にもどんよりとしたスモッグがかかっているのが分かる。雑然と入り組んだ工場や学校、倉庫、高層住宅とひしゃげて薄汚れた民家はまるで大地のかさぶただ。山の手の尾根のどん詰まりの高台である森の街から見下ろすと気味の悪い廃墟のようで到底人間の住む所には見えない。

「H学園中学を落ちて高校も駄目だなんて、情けない。あの薄汚ない埋立地の学校がいいっていうの。本当にお父さんに申しわけないったらありゃしない。第一、私はどうなるのよ」

「うるさい、いい加減にしろ」成都は自分の大声にびっくりした。

「母さんがどうなろうと、会社がどうなろうと知ったことか。埋立地の学校で結構、越境通学も立派な学校ももう真っ平だ。今まで何から何まで指図されてきたけれど、これからは自分のことは自分で始末する。二度と僕のことに口出しするな」無我夢中で怒鳴るうちに胸中の重苦しいものが解き放たれて眼の前が急に開けて行くような清々しさと昂揚を味わった。

何処からこんなに激しいものが出てくるのだろう。何かおかしい。違う。俺様は依然、成都なのだろうか。今のは成都自身の肉声だったような気がする。この昂揚も俺様のものではないはずなのに確かに俺様を捕らえている。

眼の前の母親はうつむいている。あれほど猛反撃したのだから火を噴くような修羅場になるはずなのに肩すかしを食わされた格好だ。落とした肩が小刻みに震えだした。両手で顔を覆い嗚咽を始めた。恐ろしい形相で睨みつけていた母親の思いがけない変わりようを成都は呆然と見守る。食卓に両肘を突きひとしきりしゃくり上げてから本格的な号泣に入った。余りの声の大きさに耳を塞ぎたいほどだ。恥も外聞もなく身を捩って泣く様は図体だけでかい幼女だ。呆れるというより圧倒されて成都は途方に暮れる。じっと号泣を聞いていると心を掻きむしられて一緒に泣きたくなってくる。昴揚の頂きから一気に転がり落ちて後悔が取って代わる。

言い過ぎだった。あんな言い方をすべきではなかった。母さん、僕が悪かった、ごめんなさいと謝ってしまおうか。とんでもない、何を血迷っている。そんなことをしたら奴隷の身分に逆戻りだ。それにしても、女が泣いたら始末が悪いと聞いたが、全くお手上げだ。

《5》

校門へ向かう生徒の列に入った時から密やかなさざめきの輪に包まれた。生徒たちはマスクを掛けた成都をちらちらと見ては恐ろしそうに眼を逸らす。一定の密度で流れる列の中で成都の周囲だけが空白だ。成都がエンヤコラ一党からひどい目に遭わされたことが知れわたっているらしい。校内ではもっと露骨になり、教室や廊下、校庭の到る所で成都を遠巻きにして眺め囁き合っている。成都が近付くと口を閉じ横を向いて関わり合いになるのはごめんだよといわんばかりの態度をとるのが腹立たしい。

馬鹿者どもめが。ここも俺様を油虫の成都と見誤まる腐ったサンマの眼の集まりだ。今に眼にもの見せてやる。ギギ、ギギ、ヒャッヒャッ、ギギ、ヒャッヒャッ。

退屈な国語の授業の最中、ひどくけだるくなり眠気を催す。風邪を引いたらしく少し熱があるようだ。高名な詩人の作品の朗読と解説というのだが、教師がおよそ似つかわしくない。鉄仮面より一回り小柄だが雄牛のような体躯、色黒のごつい顔に細く陰険な眼、すぐに生徒に暴力を振るう粗暴さは鉄仮面の弟分といったところだ。この連中が唯の低脳暴力教師なら良いのだが、あにはからんや、同時に猛烈な有名校進学至上主義者なので始末が悪い。そんな男が詩の一段落ずつを甲高い声を張り上げて思い入れたっぷりに読み上げる様は滑稽を通り越して鬼気迫るものがある。教師が読み上げたすぐ後から生徒全員が続くのだが、教師はきちんと口を開けているかどうか一人々々の口元を陰険な眼付きで眺め回している。マスクのお陰で声を出さないでいられるのがありがたい。

中程の机のデバ松が不意に振り返った。最後部で机が隣合った成都と律子を監視しているといった眼差しだ。うとうとしかかっていた成都はデバ松と眼が合った瞬間、頭に血が昇った。こいつめ、卑劣漢め、エンヤコラの虎の威を借り徒党を組んで散々自分をなぶりものにした人非人め、憤怒の炎で焼き尽くしてやりたい思いでデバ松の顔を睨みつける。ほとんど同時に教師の右手が振り下ろされ黒板拭きのマップがデバ松の後頭部に当たって、ごつんという音がした。

油虫の成都がかわいそうになってきた。意気地無しの愚か者は消滅するしかないと思ってきたが、この学校、この教室に成都に代わって身を置いてみると腹の立つことばかりだ。こんな所に毎日通ってこなければならなかった成都に同情してしまう。昨日、俺様はこの教室で成都を食ってしまったのだが、俺様を呼んだあいつの叫びは本当に悲痛だった。俺は成都が涙ながらにナイフを眺め呪文を唱えたので眼が覚めた。しかし、いくら呼ばれても俺様はナイフから出て行くことができなかった。トカゲの肢がないという手続きの問題ではない。俺様はそれまでは必ずあいつの夢の中へ潜り込んだので、成都が夢を見るどころか、ぼろぼろ泣いている所へ出て行く術がなかったわけだ。そしたら、あいつはあろうことか、腹を立ててナイフをガラスに叩きつけおった。その衝撃で俺は外に放り出されたが、いるべき所がなく仕方なくあいつの身体に潜り込んだのだった。あまりにも乱暴な忘恩の行為に腹を立てたことは事実だが、あいつを食ってしまったのは、あいつの悲痛な叫びがしっかり俺様の耳に届いたからだ。もうこれ以上、断末魔の油虫のまま惨めに生きつづけるのは嫌だ。醜悪、奇怪な何物かに姿を変えることができないならいっそ死んでしまいたい。俺様は願いを叶えてやったのだが、今となってみると、果たしてあれが最良の策だったのかどうか、何か他のやり様がなかったのか考え込んでしまう。

隣の机の律子を横目で窺う。教科書に眼を落とし詩の朗読に加わっている横顔は勉強に一心不乱といった真面目さだ。エンヤコラへの復讐を企て哄笑を腹に収めて、今また企てが奏功してエンヤコラに災難が降りかかるのを待ち受けている。それでいながら凪の海の平静さで何食わぬ顔をしていられる律子。自分など及びもつかない凄いものが備わっている。デバ松に睨まれて泣いたというのも本当のことか。

茹卵の白身のような律子の横顔を見ていると服に隠れた部分まで自然に連想してしまう。男心をそそるというのは、こういうのを言うのだろう。あの時も成都の貪弱な想像力に不満はあったが、それでも結構生々しく白身そのものの匂うような裸身を思い描けた。俺様としたことが余りの快感にあらぬことを叫んでしまった。赤面の至りだ。ところが、一筋縄で行くような律子ではない。黄身の部分には得体の知れないものが一杯ときている。あの高笑いが典型で、まるで不吉な魔物、ではない悪魔の嘲笑だ。鋼の固さを瞬時に萎れさせるほどの毒を含んでいる。旨そうな白身に誘われて迂闊に口に入れたらひどい目に遭うというわけだ。

そういえば、母親も一晩で別人のようになってしまい驚かされた。朝の食卓で向かい合った母親は前夜までと打って変わった柔和な表情だった。肌にも艶があってきれいだと思った。そんな風に母親を見たことがなかったことに気付いてどぎまぎした。言うことも実に物分かりがよくなっていた。

「あなたのその顔の怪我は普通ではない。学生服を洗ってあったのもただごとではないわね。わけを話してくれないけど、ただの喧嘩ではなくひどいリンチを受けたのではないかと思う。夕べは眠れなくて、ずっと考え事をしていたの。もしかしたら越境通学が原因なのではないかと。私も反省しなければいけないと思ったの。今後どうしたらよいか、よく考えてみなければ。今日、学校へ行って、またひどい目に遭いそうなら行かなくていい。大丈夫なら行ってちょうだい。あなたの判断に任せるわ」聞いているうちに身体がぞくぞくしてきて小便をちびりそうになった。あまりに物分かりがよくなったので気味が悪い。小言機械がきいきい作動していた時は無視して聞き流せばよかった。しかし、反省するとか判断に任せるなど民主主義の鑑のようなことを言われては、こちらもしゃきっとならざるを得ない。昨夜怒鳴りつけたあと母親は泣くだけ泣いて涙と一緒に何かを流し落としてしまったとしか考えられない。こちらは学校へ行きたくないどころではない。尻がむずむずしてきて慌てて飛び出してきた。律子といい母親といい、女というのは手に負えぬ代物だ。

昼休みに弁当をつかっていると校内放送があった。エンヤコラ一党六人の名前を列挙して直ちに体育館に集合しろという内容だ。女性教師の感情を押し殺した事務的な口調はかえって事態の禍々しさを暗示しているように思えた。来るべきものが来た。全身が強張り掌が汗ばんでくる。弁当を途中でやめて昼食時だけ外していたマスクを着ける。

不良グループ六人だけが呼ばれたので尋常でないものを感じ取ったらしく教室中がざわめき始めた。

律子だけは何事もなかったようにサンドイッチを口に運びうまそうにミルクを飲む。生徒たちはデバ松と成都を交互に眺めてひそひそ囁き合っている。デバ松が皆の注視にたまりかねたといった格好で荒々しく弁当の蓋を閉じる。威圧するように周囲を眺め回しながら弁当箱を机の中に押し込んで立ち上がる。ざわめきがぴたりと止み好奇心を押し殺した沈黙が取って替わる。デバ松が廊下へ出ると一段と弾みのついたざわめきが再現する。ざわめきというより遠慮のないおしゃべりになっており、「やられる」「ざまがいい」「天罰だ」という声が飛び交う。そのうち二、三人ずつかたまって教室を抜け出し始める。岡側の校舎からも廊下板を踏み鳴らして続々生徒たちが押しかけてくる。

二年三組の教室前を通って裏門脇の体育館を目指す。生徒の列の中には教師たちも混じっている。ほとんどの生徒がいなくなって教室はがらんとしている。泰然とデザートのミカンを食べ終わった律子が成都の方へ首を伸ばしてくる。

「いよいよね。私たちも見届けに行かなくては」確信に満ちた重々しい口調に思わず頷いてしまう。律子が立ち上がると吸い寄せられるように成都も立ち上がる。廊下には生徒、教師の流れがまだ続いている。学校中の人間が体育館に集合してしまいそうだ。律子は無造作にすたすた歩き始める。成都は一緒に歩くことが躊躇われて五メートルほど間を置いて後に続く。昨日の今日で律子と親しそうにしているところを人に見られるのを極度に警戒するようになっている。

体育館の窓ガラスは生徒、教師が鈴なりだ。開け放たれたドアの辺も人垣ができて押し合いへし合いしている。私語をする者もなく異様に静まり返っている。館内からは鉄仮面の怒鳴り声、肉を撃つばしばしという音、抗論と泣き声が入り混じって聞こえてくる。

律子は成都の手を引いて強引に人垣に割り込み最前列に進み出る。館内の光景を眼にした途端、成都の全身から血の気が引いた。生徒六人のうちデバ松とエラは床に倒れて眼を閉じ全身をぴくぴく震わせている。先程食べた弁当の中身を吐き出したらしく仰向けのデバ松の学生服と周囲に汚物がまき散らされている。三人は体操、理科、国語のいずれも武術の有段者といわれている雄牛並みの体躯の教師一人ひとりに胸ぐらをつかまれめちゃめちゃにびんたを見舞われ膝蹴りされている。唸り泣き声を上げ哀訴するが教師たちは全く取りあわず殴り蹴りつづける。

仁王立ちになって右手に白柄のナイフを持った鉄仮面の前ではエンヤコラが尻餅をついている。顔はどす黒く膨れ上がり眼尻、鼻、口から血を流して凄まじい形相だ。胸ぐらをつかまれて引きずり回されたためか学生服のボタンは全部ちぎれて剥き出しになった白いシャツが血に染まっている。色物のスカーフが首に巻きつけた時のままの形で床に落ちている。

突然、鉄仮面の巨体がダンスでも踊るようにふわっと軽やかに動く。同時に右足が前に突き出されてエンヤコラの額を蹴った。ぎゃーっという悲鳴をあげてエンヤコラの身体が一回転半する。そのまま床にうずくまり額を押えて唸っている。静まり返った見物人の間に戦慄のさざ波が走った。

胸がむかついて気分が悪い。自分がひどい目に遭わされているような感覚があってしばらく忘れていたあざのうずきが再燃する。床に這いつくばる断末魔の油虫は立場を変えて今はエンヤコラだ。同情など無用だ。当然の報いだ、ざまをみろ。もっとひどくやられろ。醜い足を振り回して見悶えするがいい。声に出さずに悪態を投げつけてみても何かしら実感にそぐわない。むしろ、もう何もかもたくさんだと叫んで、この場から逃げ出したい。

「きさまらのようなうじ虫を捻り潰したって何処からも苦情が来るわけじゃねえんだ。逆に害虫駆除で表彰ものだろうよ。今までは学校の体面から、きさまら低脳集団を見て見ぬふりをしてきたが、それをよいことに少し図に乗りすぎたようだな」鉄仮面は冷然と言い放って果物ナイフの腹でエンヤコラの頭を叩く。

眼の前で揺れ動くナイフを見つめているとひどく危いところへ追い詰められてゆきそうだ。冷や汗が出て微かに震える。

「成都君しっかりして」ぴったり身体を密着させてきた律子が成都の左手を両掌で強く握りしめる。満員電車の中で抱きしめた柔らかな温もりに繋ぎ止められて震えが止まる。

「この程度ではまだ気が済まないわ、六人で一人を殴るような卑怯者たち。復讐よ、しっかり眼を開けて、よく見て」勝ち誇った声が耳元で囁く。

「そんなナイフ知らねえって言ってるだろう」突然エンヤコラが大声を上げる。同時に勢いよく跳び上がって鉄仮面に襲いかかる。額を押えてうずくまっていた人間とは思えぬ敏捷な身ごなしだ。しかし鉄仮面の巨体も反射的に一歩退いていた。前が開いてコウモリのようになった黒の学生服がたたらを踏んでふわっと舞い上がった瞬間、半回転して頭から床に叩きつけられた。仰向けに倒れたエンヤコラは相当ひどく背中を打ったらしく顔をしかめて唸っている。鉄仮面のスニーカーがエンヤコラの血まみれの顔を容赦なく踏みつける。エンヤコラの口から気味の悪い声が漏れる。

成都は顔を背け眼を閉じてしまう。息が苦しくなって金魚のように口をぱくぱく開く。

眼前のすさまじい光景に恐れをなして逃げ出したらおしまいだ。永久に油虫のままだ。心を落ち着けてよく見ろ。これでもか、これでもかと次々に新手の趣向を繰り出して脅かそうとする巨大な悪意の演出の手の動きが見えはしないか。成都は自分に言い聞かせる。巨大な悪意の裏をかいて台本をぶち壊せ。いつも対決を避けて逃げ回っていたら徐々に追い詰められて居場所もなくなって本当に窒息してしまう。

思い切って眼を開ける。衝動に突き動かされて成都は一歩前に出る。ナイフを振り回していた鉄仮面が首を回して不審そうに成都を眺める。

「喜江屋君、どうしたの」律子が腕に力を込めて引き戻そうとする。

静まりかえっていた見物人がざわめき始める。窓越しに見物していた連中もほとんど体育館の中に入り込んでおり惨劇の現場を遠巻きにしている。成都が何事かを始めようとしていることが分かったらしく驚きとはやし立てる調子が混じり合っている。体育館の壁や天井に木霊して声の響きが次第に大きくなる。

律子の手を振りほどいて、また一歩踏み出す。鉄仮面は左足でエンヤコラの顔を踏みつけたまま腕組みして凄い眼で睨んでいる。また震えがきそうだ。大根役者め、茶番劇は終わりだ。暗い憤怒を燃えたたせて恐怖に打ち勝とうとする。

よせ、馬鹿もの、引き返せ、血迷ったか。お前は惨めな油虫であることをやめて、もう一度やり直そうというのか。生きるための勇気を試そうとでもいうのか。それは虫がよいというものだ、ギギギギ。お前の願いを叶えてやり、駄目人間のお前の代役で苦労してきた俺様の立場はどうなる。第一、今はもう俺様はお前、いや、お前は俺様なのだ。お前なぞ俺様の腹に入ってしまい、この世に存在していない。幽霊が勝手なことをするのは許さん、ギギ、ギギ、ギギ。

どんな目に遭わされてもいい。油虫のままでいるよりはましだ。小声で呟くと少し気分が楽になる。すくみかけていた足が、よろけながら更に前に出る。

「何だ」あと二メートルほどの所で、腕組みをほどき見構えるようにして鉄仮面が制止する。もう逃げられない。だからぶつかってゆくだけだ。声を出そうと焦るが出てこない。また震えだしそうだ。母親をどやしつけることが出来たではないか、同じことだ。

生徒たちのざわめきが巨人の哄笑に変わる。大音響のうねりが体育館を揺さぶり身体を震動させる。頭の中がぼーっとなって身体の奥から初めて激しいものが突き上げてくる。

マスクを外して鉄仮面の顔を見据える。成都は満身の力をふり絞ってクレーター面に一撃を浴びせる。

「そのナイフは僕のです」

# 闇に閃く魚

《1》

光が沸騰する。光が眼球の奥まで突き刺さってくる。視界を埋め尽くし幾重にも重なり合って小刻みに揺らぐ光の層。その微妙な伸縮のリズムが内海を取り巻く景観をたわませる。甲板の人影が光の揺らぎにふっと掻き消され、一瞬後にまたそこにある。思わず俯き見た海面も砕け散ったおびただしい光の破片だ。緩慢な波の動きに連れて散りぢりだった破片が一気に寄り集まる。一本の線になり面につながり、そしてまた散ってゆく。動き回る巨大な生き物の鱗を見る思いだ。時折吹き付けてくる風が随分冷たい。亜逸多扶紫季《あいだふしき》は防寒衣の襟を立てた。瞼を硬く閉じて光の沸騰を遮る。

《氾濫した汚濁の海。白昼の半島のすさまじい光に抑え込まれた瀕死の海。光の縛りの解けた夜、海と空の境を越えて盛り上がり、漆黒の闇空へひそかに氾濫してゆく》抑揚がついた大きな声を途切らせる。酩酊して焦点の合わぬ眼で大造寺珍人《だいぞうじまれひと》はぐるりを見回す。誰かに秘密を聞かれなかったかと確かめるように。すぐ横に扶紫季がいることも忘れているのだろう。深酒をした時、大造寺は氾濫の海の真っ只中に入り込む。聞こえぬ波濤の咆哮に耳傾け、盛り上がる内海を確かに見ているのだと思う。

海底をさらった採泥器の鉄爪から泥水が滴り落ち光の海面に波紋を拡げる。巻き揚げ機のモーターが唸りを上げる。収穫物がゆっくりと甲板の高さまで引き揚げられてきた。手摺りから身体を乗り出した若い調査員のグレーの作業帽、制服が眩い光の層にくすんだしみをつくる。爪先立って伸ばせるだけ伸ばした腕が鉄爪を吊り上げているワイヤをつかみ舷側にたぐり寄せる。

油膜の浮かんだ泥水が甲板に溢れ出す。汐の匂いと混じり合った強い腐敗臭が鼻をつく。巻き揚げ機の操作を終えた初老の作業班長が「チッ」と舌打ちして短くなった煙草をゴミ入れ代わりのバケツに放り込む。大儀そうにそろそろとしゃがみ込みヘドロまみれの鉄爪の留金を外す。海底から引き剥されてきた収穫物は一眼でそれと分かる死貝の山である。大方は口が開いた二枚貝で一様にヘドロが付着している。貝殻の間に魚の骨や腐乱してどろどろに溶け出した小動物の死骸の一部らしいものも混じっている。

「やはりひどいな」扶紫季と並んで作業を見守っていた大造寺が呟く。ひどく沈んだ口ぶりである。指先で右の耳たぶをしきりに弄ぶ横顔が晒し布のように白い。熱にうかされたように氾濫の海を独白する人間と同じ人間とは思えない。

班長は貝殻を一つずつ手に取り中身を点検しては濁って半透明の海に放り投げる。若い調査員がそのたび、調査票に記入してゆく。役目柄とはいいながら随分無駄な仕事に思える。早朝から各調査ポイントごとに何回も同じことを繰り返してきた。この辺で生きた貝という幻想を断ち切ってしまえば、どんなにか清々するだろう。
数値で示されるまでもなく腐水の海底は生き物の墓場だ。たくさんの河川から日夜流れ込むおびただしい生き物のむくろはヘドロのとばりの中に漂着して海の生き物のむくろと重なり合う。扶紫季のカメラに断末魔の姿を晒した生き物達もヘドロの底に静まり返って堆積しているだろう。
《野鳥が歌い黒潮洗う常春の花園、半島か。半島の自然と海は実に魅惑的だな。ミステリアスな美だよ。景観は蝕まれ日夜、生き物の大量殺戮が進行している、いわば癌に蝕まれた瀕死の老婆が気違いじみた異様に眩しい光のせいで、若々しい豊満な美女に見えるんだからな》
「内海全体の底質が急激に悪化しとるの」班長が顔を上げ、ちらと二人を眺める。強い光を受けた額の皺が一層深く切れ込んで見える。大造寺がカメラを構える。貝殻をつまみ上げた班長が慣れた身ごなしでポーズをつくる。立ったまま二度三度続けて撮る。腰をかがめ角度を変えて、またシャッターを押す。扶紫季もつられて革紐で首から吊したカメラをつかむ。しかし、すぐに気が変わって手を放してしまう。昨年も一昨年も二人一緒にこの同じ調査船上で写真を撮り続けてきた。「顔を曇らせて内海汚濁の証拠の死貝を点検する調査員」変わりばえのしない説明になるだけの写真を今また撮る気がしない。そのうえ今回は少年の人命救助の記事のことで頭が一杯だ。初めから調査船同乗記を書こうとする気力がない。

写真を終えた大造寺はショルダーバッグから大判のノートを取り出す。半分に折って右腕で支える。紙面がはね返す強烈な光に眉をしかめながら左手のボールペンで素早く書き込んでゆく。如何にも精力的に仕事をしているように見える。だが時折書く手を休めて遠くを眺める時、その眼差しが虚ろであることに気付く。大きな身体が光に囲繞されてしぼんでしまっている。形ばかりの取材や撮影をしているが、扶紫季同様、調査船同乗記を書くことはないだろう。

光に刺し貫かれた皮膚の内側で肉と骨がぼろぼろになってゆく感覚がある。立ちくらみして扶紫季は手摺りにつかまり身体を支える。瞼の中に閉じ込めたおびただしい光の破片が水面を埋め尽くした死魚達の白い腹のきらめきのようだ。

《「漆黒の闇」海の底の冷たさ、隠れ潜むものたちの気配に満ちた闇。その闇を泳ぐ少年の魚》たぐり寄せようとする記憶を片端から光が透過する。たちまち頼りない夢の断片のようなものになってしまう。

「観光ホテルだ、花卉栽培だと、陸の奴らが汚水や農薬をふんだんに垂れ流して金儲けしてくれるもんで、その付け回しがみんなこっちにくるんだわ」怒気の込もった太い声が響く。調査票を手にしたまま若い調査員が一メートル八十五センチの大造寺を見上げるようにして意気まいている。大造寺は耳たぶをいじり回しノートを手に黙って立ち尽くす。取材道具を詰め込んで膨らんだショルダーバッグ、首から吊るした望遠、広角の二台のカメラが巨木のこぶと枝といった眺めだ。

「それに新港作りの埋立て、火力発電の温排水が追いうちではの」樹脂容器を積み上げて海水採集していた別の調査員が顎をしゃくる。火力発電所は半島の先端の岬の手前で内海側に張り出した平垣地に建っている。松林にそびえるきのこの化物、赤白だんだら縞の集合煙突は巨大さと色彩の強烈さが桁外れだ。冷却用に海水を吸い上げて使い温かくなったのを吐き出すのだが、海の生態系に何らかの影響をあたえているであろうことは素人にも予測がつく。

「去年は貝の全滅は漁港町の沖合二キロ地点まで、ここ五キロ地点の最終ポイントでは死貝は半数にも満たなかった。どこもかしこも惨憺たるもんだのん。来春からの赤潮、青潮が思いやられるわ」死貝を点検する手を休めた班長が、海面に視線を落とす。

腕時計を見ると予定より大分過ぎている。夕刊早版の締切りは間もなくである。碧貝警察署を長時間空けているため留守の間に突発事件が起きているおそれがある。支局長の顔がちらと眼に浮かぶ。

半島の付け根にぽつんと姿を現した豆粒大の赤い点が見る見る大きくなる。水中翼船の胴体の赤の光沢が調査船のすぐ脇を走り抜ける。満員の船内から好奇心をあらわにした幾つもの顔がこちらに向けられている。軽快なエンジンの音を響かせ光をはじき返してとおざかっていく赤い胴体を皆押し黙ったまま眼で追っている。

海上から眺めると半島には派手な色彩が溢れていることがよく分かる。水中翼船が発進してきた漁港町は海に沿って大小の建物群が真新しい白色で統一されている。調査船の所属する県水産試験場の四階建てビル、魚市場、観光船桟橋に面した船会社の三階建てビル。観光客を迎える海の玄関口に位置する建物は去年、入念に化粧が施された。外海に向かってうねうねと突き出してゆく山並みを覆って波打つ濃淡の緑。尾根や中腹のそこここに点在する旅館やホテルの煉瓦色、青、赤の屋根々々。そして最後に集合煙突。

悪趣味なけばけばしい色も強い光とは調和がとれている。くすんで曖昧な部分は底に沈み互いに呼応し合う色彩のみが際立つ。昨夜、底無しの闇に占められていた半島中央部の丘陵地の辺も緑色が渦巻いて燃え上がる観光舞台の書割でしかない。色彩の操作が映画館の看板のような景観を生み出した。自然の輝きが失われた分だけ色彩で補うという狙いは成功しているのだろう。

《瀕死の老婆が若々しい豊満な美女に見えるミステリアスな美》大造寺の呟きをまねると、わだかまりがぴたりと言い当てられた思いで少し慰められる。当の大造寺は取材を終えたようだ。三メートルほど離れた所で船橋にもたれて黙念と光の海に見入っている。

二人の脇で二回目の鉄爪降下作業が始まった。巻き揚げ機のモーターが唸り金具の擦れ合う音、海水で甲板を洗い流す音、作業を指示する班長の声が混じり合ってにわかに騒がしくなる。

扶紫季は何気なく大造寺の方へ顔を向ける。大造寺もほとんど同時に、こちらを向く。大造寺は陰鬱な表情のまま口を開く。

「君はさっき、半島の何処かで俺のうわ言そのままの深い闇に紛れ込み、奇妙な少年に出会ったと言ったね。そして、その少年が人命救助をしたが、記事にすべきかどうか迷っていると。たしかに俺は酩酊の極みで海の氾濫が見えるようになった。荒唐無稽な願いが何かのはずみで叶えられたと言えばよいのか。海である闇に閃いて泳ぎ回る少年の魚にも出会った。出会うには出会ったのだが、少年の魚は闇に閃くばかりで、姿形が見えにくい。つかまえようとしても叶わない。そして何時の間にか俺の視界から逃げ出してしまった。飛び出して、どこかへ行ってしまったのだよ。君が昨夜出会ったという奇妙な少年は、その逃げ出した少年かもしれないな」しゃべり終わった大造寺は手摺りにもたれかかる。扶紫季は強烈な光の中に一人取り残されて、ぼんやり掌を眺める。その掌が黒く染まったほどに感じた漆黒の闇の感触は蘇ってこない。

水産試験場前の駐車場に二台並んでいるジープは扶紫季と大造寺がそれぞれ専用に乗り回しているM社とA社の社有車である。調査船が岸壁に接岸するのを見計らったようにジープの陰から薄紅色のコートを着た若い女が現れ、ゆっくり桟橋に向かってくる。背筋を伸ばした中肉中背の身体、肩まで垂れる髪をヘアバンドで束ね上げ広い額を露わにした顔が背後の白色の建物から浮き出てくる。

手摺りに凭れていた大造寺がそわそわと落ち着かなくなる。隠れ場所でも探すかのように船内を眺め回す。カメラをいじり眼鏡を外し、また掛け直す。上から下へ次々にポケットに手を突っ込む。挙句に扶紫季のそばを離れて舷側へ移動してゆく。己の変調は山緑美波《やまみどりみわ》と関係がありますと言っているようなものだ。

「学校を早引けしたので早く着き過ぎてしまった。船の方は予定より時間がかかったわね」桟橋で向き合った美波の華やいだ雰囲気には県立高校の国語教師という職業を連想させるものは微塵もない。

「亜逸多さん、電話を掛けてきたのは調査船に乗り込む直前だったのね。授業の準備中だったから、びっくりしたわ。全く強引なんだから。窮余の一策で遠くに住んでいる健康この上ない叔母を危篤に仕立てたのよ」いたずらそうに笑う。

扶紫季は若い女のはつらつとした輪郭を凝視する。強い光をはね返して美波は輝いている。光の精とでも呼びたいところだ。昨夜、電照菊見物のあと少年の家まで同行した美波とは一変して、曖昧な影のようなものが脱け落ちている。

「いや、申し訳ない。昨夜のことを記事に書いてよいものかどうか迷ってしまってね。出来るだけ早く相談したかったんだ」

「多分そうしたことだろうと思っていたわ」美波は真面目な表情でうなずく。

県水産試験場のトラックが二人を追い抜いてゆく。荷台に海水を詰めた樹脂容器と調査員を満載している。

「データが出揃ったら、こちらから連絡するでの」班長が扶紫季に手を振る。若い調査員が美波にからみつくような視線を送り続けている。

「海の方はどうだったの」美波は片手で顔を隠す仕草で囁く。

「貝の全滅区域が急速に広がっている。水質もいずれ分析結果が出るだろうが、見当はつくよ」

「そう」質問しておきながら興味なさそうにそっけない。

「ところで、大造寺さんはどうしたのかしら。さっき確かに姿が見えたけれど」調査船を振り返った美波の長い髪が扶紫季の鼻先を掠めて、ふわっと宙に舞う。

膨らんだショルダーバッグとカメラ二台を吊り下げた巨体が後部甲板でうろうろしている。美波に見られた途端、弾かれたように手摺りをまたぎ桟橋めがけて飛び降りる。どさっと大きな音がした。二メートルほど下のコンクリート床に着地したが、バランスを崩して横倒しになった。カメラがぶつかり合って鈍い音を立てる。バッグを担ぎ直して立ち上がる。よろよろ歩き始めた格好がひどく虚ろだ。無残に凋落した大男は光の層を通過してくる間に、ふっと掻き消されてしまうのではないか。そんな危さがある。

桟橋の付け根で待ち受ける二人に追いついた大造寺はそのまま通り過ぎて行こうとする。

「一緒に話でもしないか」声を掛けると無言で首を振る。大造寺は美波を見ないようにしているらしく、顔を正面に向けたままである。

「急ぎの仕事があるから」それだけ言うと歩調を早め靴底を地面に叩きつけるようにして歩み去って行く。

「大造寺さんにはあの少年のこと話さなかったの」美波はわだかまりのない朗らかな口振りだ。

「話すには話したんだが」駐車場から発進してきた大造寺のジープが乱暴に臨海道路へ飛び出して行く。扶紫季は言葉を途中で呑み込み、速度を上げてとおざかるジープを見送る。

「少し歩きましょうか」美波はハンドバックから色の薄いサングラスを取り出す。

「叔母の枕元に駆けつけている筈の私が漁港町で若い男性と一緒にいるところを誰かに見られたとなると、後が大変ですものね」サングラスの奥から笑いかけてくる眼に挑むような強い光を湛えている。

駐車場を兼ねた魚市場前の広場に車は皆無である。片隅に空の木箱が山積みになっている。広大な建物内部は閑散としており人影はない。広場を挟んで隣合う観光船用桟橋のスピーカーから甘ったるい女声のラブソングが流れてきている。魚の宝庫だった内海は汚濁で魚獲が減り続けてきた。市場での商いは細々と続けられているに過ぎない。外装を白色に塗り変えたばかりなのに閉鎖も取り沙汰されている。永年月の間に建物、コンクリート舗装、空の木箱に浸み込んだ海産物の腐臭。光にあぶられて臭い立つのが、全盛期の栄華の名残ででもあるかのようだ。

栈橋に面した船会社のビルの待合室の前まできた。腕時計は正午を大分過ぎている。「事件が起こっているといけないから支局に連絡してくる」美波をその場に残して待合室の奥にある漁協の通信室へと急ぎ足になる。だだっ広い待合室は笑い声、声高な話声、スピーカーから流れるハワイアンのBGMが飛び交い反響する騒音の密閉容器である。「野鳥がうたい黒潮洗う常春の花園、半島」壁のあちこちに貼ってあるポスターを眺めている者は皆無だ。ベンチの大方は埋まっている。立っている者、歩き回っている者まで入れると二百人以上はいるようだ。都会での宣伝が浸透して季節外れの今頃も結構客があると聞いていたが、予想を上回る盛況だ。

《我々だって職業柄、死魚や奇形魚、農薬まみれの小動物や瀕死の野鳥達を自分の眼で見てきたから本当のことが分かっているのだ。それでなければ嬉々として半島に乗り込んでくる観光客と同じだろう。半島がそんなことになっているなんて信じられるはずがない》ポスターの脇に大造寺の呟きを印刷して貼っておいても、気にかける観光客などいそうもない。

「亜逸多か。今のところ何も起きていないが、少年の人命救助の原稿はどうした。本紙出稿のデスクがかんかんだぞ。久々の心温まる町ダネなのになぜ夕刊に送ってこなかったのか、とな」早口でまくしたてるだみ声が外部の騒音から隔離された通信室の通話器からほとばしる。興奮した時の癖で顔を真っ赤にして禿頭をぴしゃりぴしゃり叩く音が混じっている。

「公害、公害と眼の色を変えても、もう流行らんのだよ。いい加減で眼を覚ませ。とにかく、あすの朝刊早版から必ず間に合わせろ」扶紫季は頭に血が昇る。「洋服屋ではあるまいし、流行とは何事だ」思わず怒鳴り返したくなるのをこらえる。

「ああ、ところでな、お前が原稿をほったらかして船に乗りに行っちまったんで、俺が碧貝署長の岡に電話して署長談話をとっておいてやったぞ。あいつはお膳立てが全部済んでから各社に共同発表していい子になるつもりだったんだな。うち一社に抜け駆けされるのを渋りおった。亜逸多だけが現場に居たんだから、表彰のことなぞ無視して書いてしまうことも出来るとおどしてやったら、渋々しゃべりおった。褒美として市役所と電力会社を動かして少年の家に電気を引き商工会議所からテレビを贈らせるそうな。あいつもただの警察署長じゃない。抜目のない商売人だよ。少年の手柄を掠め取って自分のものにしようという魂胆だ。ええか、ぬかるなよ」扶紫季に口を挿む隙を与えず一気にしゃべり終えると、乱暴に電話を切った。

顔が火照る。「支局長の奴め」呪詛が口を衝いて出る。やはり原稿を書くべきではなかった。後悔と恐れの交錯に紛れ込むように少年の影がちらちらし始める。

眼を閉じると冷たく重い闇が蘇ってきていた。豆粒ほどの少年の裸体が闇に浮かび上がっている。素っ裸で闇の襞から襞へ懸命に走り抜ける。とおざかったかと思うと近付いてきて、そしてまた走り去る。円を描いて走りだした。不意に立ち止る。伸びた髪の毛を振り乱して一回転する。少年の姿は消え、闇に半ば溶け込んだ黒い小魚がそこにいる。何かに驚いたように、いきなり身を翻して泳ぎ始める。白い腹が恐ろしい勢いで右に左に閃く。呆気にとられて白の痕跡を眼で追う。それも瞬時のことで、また唐突に動きが止まった。再度一回転して小魚は少年の姿に戻っている。確かに大造寺が出会ったと言った少年の魚だ。少年は相変わらず口から白い息を吐き出して走り続ける。ひとしきり走り回ってから立ち止まった時、手に何か持っている。その小さな物体に向かって大声で叫び始める。叫びが闇に木霊して徐々に明瞭な響きになる。

「記事なんか書いてもらいたくない」「書いてもらいたくない」「もらいたくない」

カーフェリーの出発を告げるアナウンスが始まっている。右手に通話器を持ったままである。待合室の騒音が最高潮になってわーんという響きになった。

「顔色が変わって出てきたから、何かあったなと思ったけど、そういうことだったの」美波が蹴跳ばした小石が臨海公園の鉄柵の間から海面に落下する。

「書くべきか否かなんて私に相談している間に事態は急転回しているのよね。もしあなたが書かなくても、いずれ新聞、テレビが一斉に取り上げることになるんでしょう」

「いや、実は原稿はもう書いてあるんだよ。昨夜、支局に帰ってからすぐにね。警察署長の褒美の件を付け加えればよいだけになっていたんだ」

「でも、それも支局長さんの取材で分かったのだから、原稿は出来上がりじゃないの」

「今朝早く少年から電話があったんだよ。支局の宿直室で寝ているところを起こされてね」

「あら、何と言ってきたの」くるりと半回転した美波は内海を背に扶紫季と向かい合う。サングラスは外して手に持っており、眩しそうに眉間に皺を寄せている。美波には強い光が似合いである。ベージュのワンピースやヘアバンド、薄紅色のコート、美波を包む一つ一つの色彩が光によって輝きを増し、美波を一層活々と際立たせている。半島の景観は美波の背景に相応しい。いっそ美波が白熱の半島の景観の一部だという方が適切なのかもしれない。初めて会った時の光を背負っているように見えた不思議な印象にも納得がゆく。

「自分を写真に撮ったのだから記事を書くつもりに違いない。どうか書かないでくれ、と真剣な頼みだった」少年の声には、ただ事ではない切羽詰まった響きがあった。しかし口に出して説明すると実感を欠いている。宿直室での夢の中で起こったことのような気がする。

「へえー」美波は考え込む顔付きで再び海を向く。記事を紙面化することに反対ではなさそうな美波の反応が意外だ。昨夜なら決してそうではなかったろう。《闇の秘密を暴くな。少年の記事を書くな》大造寺が言うべきだったせりふも、遂にその口から発せられなかった。「ところで、大造寺さんてどういう人なの」扶紫季の胸中を見透かしたようなタイミングで美波が呟く。質問の真意が分からず、しばらくぼんやりしている。大造寺とはどういう人間なのだろう。扶紫季にとっても捕らえどころのない男だ。

「最大のライバル同士でありながら公害取材ではいろいろ手ほどきしてくれた先生だ。親友でもある有能な新聞記者だね」当たり障りのない返事をして美波の反応をうかがう。

「ううん、そんなことは分かっているわ。そうではなくて人柄とか家庭とか」

「父親は外務省の高官。成人するまで父親の任地を一緒に転々として殆ど外国暮らし。だから六カ国語は自由に操れると聞いたことがある。A社の幹部候補生の中でもずば抜けた力量だという。間もなく東京本社の政治部へ転属になるらしい」履歴を並べると型通りのエリートというだけのことで、実像とは大分ずれがある。

《日夜、腐れ水と生き物のむくろをたっぷり呑み込んだ瀕死の海は光の縛りの解けた夜、音も立てずに身悶えしてのた打ち回る。渦巻いて波立ち黒々と夜空に盛り上がった海は氾濫して夜の闇に紛れ込んで行く》大造寺の隠れた半面を話しても誰も信じまい。

「やっぱりね」美波は何事か合点したらしく大きくうなずく。

「もう一つ伺いますけど、二週間前にあなた方と初めて会ったダンスパーティーに来ていたきれいな人、大造寺さんと睦じそうにしていた人は恋人か婚約者でしょう」とっさに返答に窮する。美波が本当に聞きたかったのは、このことだったかと思う。

「別に言いたくないならいいのよ。大体見当はついているから」美波はきかぬ気らしく頭を一振りして長い髪を波打たせる。

「いや、ご推察の通り、某私大病院長の娘で婚約者です」

ダンスパーティーでは大造寺も扶紫季同様、美波に強く引きつけられたようだ。以前から少しずつ変調が始まっていた大造寺だが、ダンスパーティーの後、変調が一層ひどくなった。大造寺と美波の間に何事か起ったのだろうか。


臨海公園を抜けると碧貝川の堤防道路である。市街地のバス停まで美波を送って行くため碧貝川を少し遡らなければならない。堤防際までびっしり立ち並んだ人家は一様に古びて薄汚れている。人影の絶えた薄暗い路地はすえた匂いが漂う。路面には鱗やどす黒い血の塊がこびり付いている。強烈な光に押しひしがれた格好で満足な外観の家は少ない。殆どが傾き瓦が剥がれかかっている。互いに寄り添い支え合って辛うじて倒壊を免れている図である。漁師か漁業に関係した仕事に就く人々の街だが、街全体がひからびた死魚のはらわただ。花卉、野菜栽培が大当たりして富んだ農村では大方の家が小ぎれいに新改築されているのと対照的である。

「農漁業から脱皮して観光振興へ」という市長の掛け声が浸透して地味な色、褪せた色が次々と塗り変えられてきた。臨海部の建物を白色にしたのはぼろ隠しとしてはうまい着想だ。しかし裏に回って隠されていた眺めに向かい合うと惨めさが一層際立って逆効果のようにも思える。

惨めさといえば、少年と老婆の家もひどいものだった。廃屋同然の荒屋に人が住んでいることが驚きだった。倒壊こそしていないが、立ったまま朽ち果てていたといえるのかもしれない。しかし同時に、隔絶した静謐の中で少年と老婆を懐に抱え、ひっそり息づいているような佇まいでもあった。光の侵入を許さぬあの深い闇には相応しい家なのだろう。「よりによって少年の家に電気を引こうとは」言葉に出してみると、悪意に満ちた冗談めいた響きがある。

「ご褒美としては最高ね。あっぱれと言いたいほどの思いつきじゃないの」手を伸ばせば届くところで屈託なく微笑んでいるサングラスの女を扶紫季はまじまじと眺める。

「記事に書かないでと電話してきたそうだけど、理由があってのことじゃないんでしょう。あまり大袈裟になったのできまり悪いということではないかな。あなた、やはり書いたものは紙面に載せるべきよ」

何かしら言い落としている。美波にうまく説明ができない。大造寺と共有している氾濫した海と少年の魚の存在を美波に話したところで、理解されることはないだろう。馬鹿馬鹿しい妄想と一蹴されそうだ。妄想と言われれば、確かに妄想なのである。

碧貝川の岸に沿ってゆっくり流れ下り、ある所まで来ると動きを止める光の帯。僅かに上流に押し戻されてたゆたい、再び流れ始める。吹き寄せられた花弁、花筏とも白い腹を晒して浮かび上がったおびただしい死魚とも見え、深緑色の水面に彩りを添える。支流から流れ込んできた川魚は大きさも種類もまちまちだ。粒々の腫瘍が頭部に盛り上がったのがいる。背びれがなかったり眼が片方潰れているといった奇形魚も混じっている。小魚のうちには鱗に艶があり、まだ口をぱくぱくやっているのもいる。水際から手を伸ばして摑もうとすると素早く反転して黒い背中を見せる。ぬるりとした感触を残して指の間から逃れて行く。

「この流れが毒物まみれだなんてね」耳元で歌うような声が響く。一瞬気を取られて眼を離す。すぐ眺め直したのだが、死魚の群れと見えた辺は元の光の帯に戻っている。

柔らかい肉の感触で掌が包まれた。美波がぴったり身体を寄せてきている。体内で張りつめていたものが弾ける。扶紫季はとっさに腕を伸ばす。豊かな女体を抱きかかえにかかる。素早く身をかわした美波は川縁の腰の高さのコンクリート堤に身軽に跳び乗る。扶紫季に向かってアカンベをしてみせる。素早く反転する。両手を広げて平衡をとる。三十センチほどの幅しかない堤の上を恐れる様子もなく大股に歩いて行く。コートの裾、長い髪が時折、川風に舞う。強い風に吹き飛ばされれば、そのまま薄紅色の翼を羽ばたいて光の層に埋め尽くされた虚空へ舞い上がって行きかねない。

「ねえ、ちょっと」遥か前方で立ち止まった美波が大声を上げる。堤防下から突き出した下水口を指差している。湯に洗い流された血液らしい朱色の液体が間歇的に吐き出され碧貝川に注いでいる。下水口からは湯気が立ち昇り生臭い匂いが漂っている。液体は堤防の際の建物から流れてくるらしい。二人は顔を見合わせる。どちらからともなく陰鬱な木造の二階家へ引き寄せられてゆく。民家を改造した町工場のようだ。入口の軒下に金網張りの鳥籠が二、三十ほど無造作に積み重ねてある。半分は空で残りの籠の一つ一つに三、四羽ずつ押し込められた鶏が折重なってうずくまる。羽毛には艶がない。白色だった筈のものが薄汚れて茶がかった灰色に変色している。鶏冠の赤色も色あせ眼は虚ろである。何より異様なのは、鶏特有のせわしない身動きを忘れ置物のようにじっとしていることだ。美波はサングラスを鼻先までずり落として一つ一つ鳥籠を覗き込む。

「養鶏場からお払い箱になった廃鶏だろう。チキンソーセージの原料にでもなるんじゃないかな」養鶏の盛んな半島の至る所に鶏舎がある。入口には早朝必ず一つや二つ廃鶏を入れた鳥籠が出してある。

美波が顔をしかめかけた時、町工場の入口の硝子戸が開いた。ゴムの前掛けに長靴の小男が出てくる。二人を見て驚いたような顔をしている。顔は上気しており禿げ上がった額の汗をぬぐった腕に血糊が付着している。一時訝しげに二人を見回したが、すぐに背を向けた。物好きに裏町見物に来た観光客とでも思ったのだろう。男は空籠を押しのけて奥の籠を引っ張り出して素早く掛金を外す。片方ずつ腕を突っ込んでは右手に二羽、左手に一羽、廃鶏の首を摑んで引き摺り出す。三羽ともすでに首を捻られているらしい。暴れることもなくだらりと吊り下げられている。

「なんだか、闇の中に佇んでいた少年の家のお婆さんみたいね」美波の呟きが束の間、皺に埋まった小さな顔を浮かび上がらせる。

男は振り返りもせず町工場へ戻って行く。半開きの硝子戸から内部は丸見えだ。手狭な町工場は煮え立つ大釜と手術台に似た金属張りの作業台、積み重ねた木製ケースでいっぱいである。釜の火加減を見るため前屈みになった女の大きな尻に作業台が食い込んでいる。背中を伸ばして立ち上がった大柄な女はひっつめ髪、脂ぎった赤ら顔だ。額に玉の汗を浮かべ汚れ切った布の前掛けをしている。男から鶏を受け取る時、覗き込んでいる二人にちらとうさんくさそうな視線を走らせた。夫婦らしい二人は無言のまま作業台に向かう。

鶏は大きな包丁の一撃で首を叩き落とされる。切り口から溢れ出した大量の血はひっきりなしに排水口に呑み込まれる。グロテスクなむくろを熱湯に漬けて羽毛をむしり取り作業台に並べる手際が鮮やかだ。三羽とも終えると作業台は熱湯で洗われる。小男は新たな廃鶏を引き出すため、また表に出てくる。鶏舎の狭い檻の中で卵を産み続け精根尽き果てた脱け殻のむくろまで人間の胃袋に納まってしまう。見事に剥奪された生の仕上がりの形である廃鶏の肉塊。

廃鶏の首から溢れ出た血がどっと流れ落ちて深緑色の川水をそこだけ朱に染める。二人は下水口を眺め下す位置に戻ってきている。満々たる川水に一条刻まれた生命の名残りの行方を眼で追っている。

《2》

閉め切った運転席は暖房が効いて生暖かくなってきた。狭い空間に充満した様々な気体が温もりに攪拌されて息苦しいほどである。うっすらと漂う香水と菊の香が溶け合って鼻腔を刺激する強い匂いとなっている。それとは別に若い女の肉体が分泌する精気と蒸れたような匂いを扶紫季は嗅ぎ分けている。電照菊ハウスの群れの真っ只中にジープを停めている。三方の硝子窓からハウスの仄白い光が差し込んできている。総硝子のハウスの内部は菊を欺いて開花を遅らせる役目の薄暗い裸電球が数個ぶら下っているだけだ。しかしハウスが幾十も集まると、電球の光が硝子を透過して互いに照らし合い溶け合う。柔らかみを帯びた光は仄白い暈となってハウスの群れを包み込む。

座席に凭れ掛かった美波は両腕で胸を抱え真っ直ぐ前を向いたままだ。ジープを停めてからずっと無言で身動きもしない。仄白い光に縁取られた横顔は凸凹の陰影を失ってのっぺりしておりマネキンの風情だ。

《あざむきの光に生の衝動を凍結された幽鬼、菊の精に見入られた》大造寺ならそんな形容をするだろうか。声を掛けるのがためらわれ奇妙な沈黙を共有せざるを得ない。もうどのくらい、こうしているのだろうか。防寒衣の下で全身がじっとり汗ばんでいる。空けた外観とは裏腹に美波の生身から漂い出る精気が濃密になって行くようだ。じっとしているとのぼせ上がって息をするのも苦しくなる。扶紫季は耐え切れずに窓を開ける。快い寒気と一緒に濃い菊の香が流れ込む。

「電照菊きれいね。夜のドライブなんて初めて。誘われた時は抵抗があったけど、やはり来てよかったわ」ちらと扶紫季を見て再び真正面を向く。寒そうに二の腕の辺をこすりだす。沈黙を破った声はか細く、扶紫季に向かって発せられたというよりは、そのまま自分の内部へ沈み込んでゆく響きだった。緊張していた筋肉が一度に弛緩して、扶紫季は大きく呼吸する。間近にいながら何かしら気圧されて手一つ握ることが出来ない。苛立たしさとない混ぜになった欲求がくすぶり続けていたが、寒気と仄白い光に濾過されて鎮まってゆく。

それにしても電照菊ハウスの群れは半島の至る所に出現していた。半島では大きな事件事故が滅多に起らないため、夜間、半島一周の県道を走ることは稀である。外海側から岬を経て内海沿いの半島中央まで久しぶりに走ってきた。その間、視野には一箇所や二箇所、必ずといってよいほどハウスの光の暈がかかっていた。以前に来た時は疎らにしかなかったので驚きだった。夜の半島で癌細胞のように増殖したのは電照菊ハウスばかりではない。海辺は元より山の稜線、山腹、麓を問わず点在するホテル、旅館の満艦飾の灯火が眼を奪った。そういえば観光パンフレットの副題は「夜はロマンチックな電照菊の光の饗宴が楽しめます」であった。

《光の花を咲かせる植物が巨大な地下茎を半島中に縦横に張りめぐらせて、所構わず光の花を地上に出現させた。昼の光に押しひしがれて輝いた半島の景観は夜、ニセの光の中で幻想の美を繰り広げる》大造寺の声を聞いたような気がする。

深い静寂の中に蚊の羽音に似た音が紛れ込む。か細い唸りは刻々音量を増しじきに救急車のサイレンと分かる。

「何があったのかしら」背凭れから跳ね起きた美波の上体に硬張りが走る。我に返ったといった格好でしきりにあたりを見回す。謎めいた気配は雲散霧消しており、見開いた眼に不安の色が浮かぶ。

サイレンは真っすぐこちらに向かってくるようだ。耳を聾する大音響はもやもやした思いをすべて吹き飛ばし、くびきから扶紫季を解き放つ。熾烈な取材競争の日常で培われた猟犬の本能に似たものが目覚めた。獲物に向かって突進する身構えになる。

サイレンがハウスの密集地脇の県道を通過したのと同時にジープを発進する。エンジンの轟きと重い車体の震動が快く全身を揺さぶり四肢に力が満ちてくる。ハウスの間に伸びた農道から県道までバックのまま戻り、岬の方角へ引き返す形で救急車の後を追う。救急車は二百メートルほど疾走して交差点を折れ内陸部への枝道に入って行く。後に続いたジープは街路灯のない真っ黒な枝道にさしかかった途端に車体が跳びはねて身体が宙に浮く。

緩やかな起伏が続く丘陵地の一本道を一キロほど走ったところから鬱蒼とした森が始まる。柱廊状に連なる大木の幹の間を縫って奥へ奥へと呑み込まれて行く。深々とした森の黒さがのしかかってくる。長い間電照菊の光を眺めた眼には怖いほどの闇だ。道は比較的平らで湿っているらしい。揺れは少なく土煙も立たない。救急車のサイレンはいつの間にか聞こえなくなっており赤色灯も見失った。しかし一本道なので何処かで追いつけるだろう。静まり返った闇の中でエンジンの唸りとバンパーの旗立てで社旗がばたばたいう音が一段と大きく聞こえる。朽ちて倒れかかった古木、垂れ下った蔓、密生する下草が前照灯の光の中に次々に現れては消える。人手の入っていない広大な原生林である。半島にこれほど深い森が残されていただろうか。そう考えた途端に、森全体が妖異な相を帯びて覆いかぶさってくる。眼の前に奇怪なものの影が飛び出してきそうだ。追い立てられる思いで一気にエンジンをふかす。猛スピードで五分ほど走ってから道は急な下り坂になりカーブが多くなる。勢い速度を落として慎重な運転になる。

「生きた心地もしなかったわ、暴走族」かん高い声が横面を叩く。腹に据えかねたのであろう。美波が身体を立て直して睨んでいるのが分かる。何事であれ人間の声を聞けたことが有難かった。森はようやく終わりに近付き木立ちが疎らになる。葉叢の間から下り切った底辺に小川と木造橋が見え隠れする。注意深く観察すると、橋を挟んで手前に救急車、対岸にパトロールカーが停まっている。

「何が起きたのかしら」美波も眼ざとく見つけたようだ。生気を取り戻して声が生き生きしている。

扶紫季は逆に現場に近付くにつれて気が重くなる。闇雲に突っ走った興奮の名残りが一気に引いて行く。たった一個の街路灯の薄暗い裸電球が朧に照らし出している光景は、事件事故現場にしてはどことなく緊張感を欠いている。どうも大したことはなさそうだ。気詰まりから抜け出す好機とばかりに救急車の後を追ったが、骨折り損かもしれない。坂を下り切る少し手前で自然にブレーキを踏んでいる。引き返すべきではないかと思案しながらも職業的な習性でカメラにフラッシュの装置を取り付け始めている。

美波は身を乗り出しフロント硝子に顔を付けるようにして眺めている。

「何だか、どきどきするわ。私も一緒に行って、いいでしょう」興奮して幾分上擦った声である。

電照菊ハウスの真っ只中にいた、つい先程までの空けた様子とは打って変わっている。

「悪いけど、ここにいてもらうよ。女性連れで仕事をしたとなると、どんな評判が立つか分からないからね」

ちょっと口を尖らせ不服そうな顔をしてみせたのが幼女のようでおかしい。消し忘れていた室内灯を切る。開け放したままの窓から乾いた土の匂い、微かなせせらぎの音に混じって人の声と石を踏んで歩き回る靴音がする。

周囲の様子にどこかしら変わったところがあるのに気付いてしばらく眺め回す。ジープで下りてきた背後の高台から橋の向こうの緩やかな起伏の丘陵地まで、見渡す限りの範囲が深々とした闇に沈んでいる。橋のたもとの街路灯のただ一個の裸電球が孤立して頼りなく点っているだけだ。これだけの広がりに裸電球が一個。同様の場所が半島の何処かにあったろうか。

《半島に真の闇があるとすれば、それは氾濫した海そのものだ》異様に高揚した声が蘇ってくる。ここは大造寺が物語った闇なのか。そうであるなら、暗黒の中に夥しいむくろ達が浮遊している筈だ。大造寺の眼に映ったに違いないものが己にも見えるのだろうか。

対岸の闇の襞から黒塗りの大型乗用車が滑り出してきた。木造橋の手前で一旦停まり、そろそろと渡り始める。真っ直ぐこちらに向かってくることは明らかだが、狭い枝道で擦れ違うことは出来ない。扶紫季は慌ててカメラを置きジープを発進させる。坂道を下り切ったところから橋までは木立もない。裸電球の仄白い明かりに捕らえられて逃げも隠れも出来ない。草地に半分車体を乗り入れて道を開ける。乗用車は窪みを避けてゆっくり近付いてくる。そのまま行き過ぎろと念じて身を硬くするが、あろう事か、ぴったり真横まで来て動かなくなる。室内灯が点き後部座席の窓が開く。小柄な背広姿が乗り出してきて、低い座席から見上げるようにしている。青白い小さな顔、眠たげな半眼は紛れもなく碧貝警察署長の岡である。意外な人物の出現に驚きながら、扶紫季も渋々、窓から顔を出す。

「こりゃたまげましたな、亜逸多さん。随分ご精勤ではないですか」普段落ち着き払っている岡がそわそわしている。

「まさかドライブではありますまい」扶紫季の背後に眼を走らせる。

「救急車に偶然出くわして後を追ってきたんですよ。署長さんこそ、今頃どうしたんですか」岡の視線を塞ごうとして窓枠に身体を押し付けたはずみに、必要以上に声が大きくなる。

「いやいや、岬地区の交通安全協会の会合の帰りなんですよ」青白い顔にちらと苦笑いが浮かんだが、それきり一切の表情が消えてしまう。

「通りがかりに現場にぶつかったもんですからね。どうというほどの事故でもありません。取材されるにも及ばんのではないですか」眠そうな半眼がじっと扶紫季を見つめる。全身に鳥肌が立って血の気が引いてゆく。無表情でのっぺりした顔と酷薄な目差しはトカゲを思わせるものがある。

顔を背けたいが痺れたようになっており瞬くことしか出来ない。強い吸引力が働いていていてじりじり引き寄せられていくようだ。今にもぱっと口が開いて粘り気のある長い舌が飛び出してきそうだ。

「それでは」岡が不意に顔を引っ込める。ほんの一、二分のことだったに違いないが、長い間金縛りにあっていたような気がする。薄気味悪さで悪感がしている。急いで窓を閉める。坂道を昇って行く乗用車の重いエンジンの音がとおざかるにつれて痺れがおさまってゆく。

「今の人、警察署長なの」身をすくめ息を殺していたらしい美波が伸びと共に大きな吐息をする。

「私、見られちゃったかな。御免なさいね」あっけらかんとした物言いにほっとする。岡の顔は昼間見ても、あまり気持ちのよいものではない。薄暗がりのせいで一層気味悪く見えたのかもしれない。気にすることはないと己に言い聞かせて怖気を振り払う。

冷静になると岡の言葉が気に懸かる。何もないという否定の仕方が、どことなく不自然だ。何かありそうな予感がする。扶紫季はカメラを摑むのももどかしく地上に降り立つ。小石につまずかぬよう足元に注意してそろそろ歩き始める。

幅三メートル、長さ二十メートルほどの古びた木造橋は中央部で右側の欄干が欠け落ちている。その手前の橋板にはべっとりしみがついている。しみから欠けた欄干までは横滑りした形にタイヤの跡が付いている。乗用車は欄干を突き破って小川に転落したのだろう。大人の腰くらいの流れの中央部で横向きになり、車体の半分が水に漬かっている。

懐中電灯を手に薄暗い川原を動き回っている白ヘルメットの救急隊員達が担架を抱え上げて土手を昇ってくる。扶紫季は適当な見当をつけてカメラを構えシャッターを押す。フラッシュの閃光がはじけ、担架に横たわり両眼を閉じた血だらけの若い男が浮かび上がる。頭から雫をたらし顔面は蒼白だ。毛布にくるまれていながら激しく震えている。

「もう大丈夫だからの」「がんばれよ」隊員達の励ましも耳に入らないように見える。哀れな姿の若い男にふと、いわれない悪意を覚える。

救急車が再びサイレンを鳴らして発進するのを横眼に川原に降りる。現場検証している警察官二人に近付いて行く。見取図を描いているのは恰幅の良い年輩の巡査長である。取っ付きにくい雰囲気があって署内でもめったに口をきいたことがない。しかし今は気後れなどしていられない。

「ご苦労さま、どんな具合だね」思い切って言葉を掛ける。鋭い眼の陽灼け顔が振り向く。下唇を突き出し大仰に肩をすぼめてみせる。

「亜逸多さんか。どうにもこうにも、不注意運転のあほんだらのお陰で、この寒さの中、往生するわ。定時巡回の帰りに近くを通りかかったら無線が入って駆けつけたんだが、らちもない自損事故での。お陰で署内食堂の夜食を食い損なったわ」忌々しげに唾を吐き捨てる。事故を起こした男の身代わりにうっぷん晴らしをされているようだ。

扶紫季は顔を背けて薄暗い灯火で見分けられるものを点検する。全体の四分の一ほどが見事に吹き飛んだ欄干、水中に横たわって巨大な甲虫を思わせる乗用車。そして何事もなかったように淡い電灯を無数の断片にしてはじき返すせせらぎ。覆い被さってくる重い闇の底に辛うじて浮かび上がっているものの中に隠された手掛かりがあるはずだ。

「橋の上にこぼれていた油のようなものが原因だったみたいだが」

「まあ、先に通ったトラックか何かの積み荷でもこぼれとったんだろう。気いつけて徐行すればどうってこともないに、好き放題にとばしていたんでは、たまらんわな」巡査長は見取図に鉛筆を走らせながら、こともなげである。

「亜逸多さん、あんたも物好きだの。単純な自損事故だから新聞記事にはなるまいぞ」巻尺を手にした若い巡査が後を引き取る。

「あの男もただの店員で、あんたらを喜ばす偉いさんや有名人でもありゃせんしのー」二人は顔を見合わせ声を立てずに笑う。

扶紫季は向かっ腹を立てまいと自制する。二人は警察官である前に典型的な半島の人間だ。余所者である扶紫季は半島の人間の敵意にしばしば遭遇してきた。その敵意は正直な人間であるほど容赦のないものになる。

《敵意のハリネズミになって余所者を拒絶する半島の人間。自らの土地、水を農薬漬けにしたことは承知している。自らの生が危険に晒されていることも分かっている。分かっていながら、そのことにどう対応するかの意思決定を放棄している。漠然たる怖れを抱きながら、その怖れに気付かぬふりをして日々の生業を続けている人間たち。余所者の忠告、警告は急所に触れられるのと同じだ。だからこそ敵意を剥き出して恫喝する。近寄らせまいとする。そして自らの内部へますます閉じ籠ってゆく》敵意の壁にぶつかった時は大造寺から伝授された呪文を唱える。心を鎮めてから迂回するか引き退る術が身についた。

こんな時、大造寺であれば、巨体の肩をそびやかせ一瞥をくれる。下っ端警察官など眼中にないといわんばかりの威厳を湛えて冷ややかに居丈高に詰問するだろう。大方の人間をおののかせ抵抗力を奪うのに充分の迫力だ。その光景を想像して思わずにやりとしてしまう。大造寺の真似など出来ないが、今は敵意の壁を突破しなければならない。

「しかし、こんな辺鄙な場所で誰が事故を通報したのかね」

「そりゃ、良いことに気が付いたの。さすがはベテラン記者先生。近くの子供が通報したとかで、今、杉山部長がパトの中で事情聴取しとるよ」巡査長が対岸へ顎をしゃくってみせる。

「ほう子供がね」扶紫季はさり気なく聞き流しながら内心、喝采を叫ぶ。岡が隠そうとしていたのは、その子供に間違いない。一大決心で探り出すまで粘るつもりだったものが、あまりすんなり差し出されて拍子抜けしてしまう。新聞記者の出現を予想もしなかった岡は部下達に箝口令を敷いておくことができなかった訳だ。扶紫季の不意の出現に随分狼狽したのに違いない。二人にもう用はない。浮き立つ思いで土手を駆け昇る。橋を渡る途中、中央部の橋板一面にふり撒かれたしみとタイヤのスリップ跡を確かめる。しみを指ですくい匂いをかいでみる。はっきりとは分からないが灯油のようだ。

パトロールカーは対岸の土手道に後ろ半分を突っ込んでいる。濃い闇を背後にして室内灯が随分明るい。温もりで曇った硝子窓越しに杉山巡査部長が見える。運転席から身体を捻じ曲げ後ろの座席に向かって話し掛けている。扶紫季は遠慮なく助手席のドアを開け車内に滑り込む。愛敬のある若者の顔が白ヘルメットの下からのぞく。ちらと扶紫季を振り返って目礼し、そのままメモ帳に鉛筆を走らせる。

「もう一度順を追うと、初めに家の中にいたら急ブレーキの音と続いてどかんという大きな音がした。家から一キロほど離れたところにある橋まで駆けて行ってみた。川の中に車がはまっていて泣き声がした、ということでいいかい」打ち解けた口調に相手の緊張をほぐそうとする気遣いが感じ取れる。毛布にくるまった大柄な少年は扶紫季を一瞥して眼を伏せる。

「そう」毛布の中で身体を固くしており、聞き取れぬ程の声だ。頬を紅潮させ顎に力を入れている。何事か苦痛に耐えているといった様子である。色白の顔は眼鼻立ちがはっきりしていて大人びた雰囲気がある。

扶紫季はぞくぞくしてくる。闇の真っただ中に突如湧いて出た少年は大造寺の幻の記憶から逃げ出した少年ではないか。氾濫の海の闇に閃いて泳ぎ回る少年の魚が今、目の前に出現したのかもしれない。

「その次は着ていたものを脱いで裸で川に入った、と。半開きのドアから身体を乗り出し『足が動かない、助けてくれ』と泣き叫ぶ血だらけの男を引き出した。おぶって川を渡ろうとしたが重くてうまく歩けなかった。何度も転んで二人ともずぶ濡れになりながら岸まで運んだ」杉山巡査部長は一語々々ゆっくり読み上げる。扶紫季が少年に悟られぬよう座席の陰で素早くメモ帳に書き込むのを助けてくれている。

「男を家までおぶって行くことは出来ないので、濡れた服を脱がせ、川に入る前に川岸に脱いであった自分のジャンパーやズボン、下着を掛けてやった。男は大怪我をしているようなので、救急車を呼ぶため裸で電話のある遠くの家まで走った。これでよいね」

少年は頑なに俯いたまま小さくうなずく。その様子には、どこか追い詰められた獣を思わせるものがある。人命救助を称えられるべき立場にありながら、満身に敵意を漲らせ恥辱を堪え忍ぶかのように顔を赤らめているのが奇妙である。

「亜逸多さん、ちょっと」肩を叩かれて我に返る。杉山巡査部長が外に出るよう眼で合図している。

「これは、ものになるだろう。あの子はもうろくした婆さんと二人きりでランプ生活だ。この豊かな農村部でこれほど貧しい家があるとは驚きだよ。明日、市の民生部へ問い合わせるが、まず生活保護家庭だな」土手上で向かい合った杉山巡査部長が人なつこい笑みを浮かべて片眼をつむってみせる。

「ところで、署長は岬地区の交通安全協会の会合の帰りに偶然立ち寄ったと言っていたが、本当かね」

杉山巡査部長はにやりと笑う。

「それに違いないが、署長は帰り道に無線で子供が人命救助をしたと知らされて飛んできたんだろう。元県警本部の広報担当だけあってニュース感覚は抜群というわけさ。新聞、テレビが飛び付くネタを見逃しっこないわな。盛大に表彰して人情家の署長と大いに宣伝する腹だろうな。次の市長選に打って出るという噂もあるからね」交通課の若いエリート警察官は何もかも承知しているという口振りで扶紫季の肩を叩く。

「いずれにしても、報道関係ではあんたしか知らないことだから、特ダネだろう。休日の夜なのに労を厭わず現場を踏んだ亜逸多さんの努力賞といったところかな。明日の報道用の日報には通報者のくだりは触れずにおくから、好きなように料理したらいいよ」

至れり尽くせりの心遣いに、かえって押し付けがましいものを感じる。感謝と反発がない混ぜになった微妙なものがこみ上げてくる。

「ありがとう、杉さん。あの子は俺が家まで送るから、早く帰って休んでよ」その場を早く切り上げたくて、とっさにささやかな手助けを買って出る。

「それは助かるな。じゃ、よろしく頼みます」人気歌手に似た好男子はかちっと音を立てて靴の踵を打ち合わせ敬礼する。口元から白い息の洩れる笑みが闇に浮かんでいる。

パトロールカーが走り去り、頭から毛布を被った少年と扶紫季だけが取り残される。車の音が途絶える。二人を包む森閑とした闇に一段と高くなった瀬音が広がって行く。四方八方に広がると同時に闇の彼方から打ち返されてきて複雑に入りくんだ響きになっている。じっと耳を澄ましていると、それは氾濫した海と一体になった闇全体から湧き出る賑やかなリズムのようにも聞こえる。

《ゆらゆらと浮遊するおびただしいむくろ達。そして、白い腹を上にした死魚の群。まだかすかに鰭を動かし口をパクパクしている魚がそこかしこに現れてくる》

並んで立っている少年は扶紫季に背を向けて身じろぎもしない。顔をうつむけ毛布の下で身体を硬張らせたままのようだ。打ち融ける糸口を見つけたいのだが取り付く島がない。とにかく、早く家まで送り届けなければ、風邪をひかせてしまうことは確かだ。家は近いから歩いて帰ると固辞するのを、強引に腕を取って橋を渡る。

美波はジープから降りてしきりに足踏みしていた。薄紅色のコートのポケットに両手を突っ込み寒そうに肩をすぼめている。

「こんな闇の中に取り残されて、私心細くて。もう少し帰ってくるのが遅かったら、橋のところまで逃げて行こうと考えていたのよ」気弱なことを言うが、その間も珍妙な姿の少年から視線を離さない。

少年は若い女の姿にたじろいだらしく歩みを止める。少しずつ後ずさりを始めた毛布の背中を抱きとめる。腕に力を込めて押し出し、せき立てながら座席に押し込む。二人で両側から挟んで坐ると狭い運転席が身動きもならない。これなら、ぐるりと一回転して魚の姿に変わって逃げ出すことはできないだろう。

美波に手短かに事情を説明して前照灯を点け発進する。社旗が車体を叩いてばたばたと音を立てる。

「新聞社か」少年が初めて明瞭に発した声が独語とも扶紫季への問いともとれる。

「あらあら、びしょ濡れじゃないの。これ、けがした人にかけてあげた服なのね」毛布の下からビニール袋に入った衣服の塊を引っぱり出す。少年が取り返そうとして美波と揉み合う。その拍子に二枚重ねの毛布が肩から外れる。毛布の上からでは想像できなかった大柄で紅潮した裸体が現れる。少年は慌てて毛布を引っ張り上げる。

《素裸の少年は美しかった。白い魚腹達の中から半回転して通常の体形に戻ったのがいた。闇に魚体を閃かせて泳ぎ回ったと思うと俺の目の前でぴたりと止まった。おいでおいでをするように体中の鰭を震るわせた。瀕死の魚の中には思いがけない体力を残しているやつがいるものだ。君も取材中に出くわすことがあるだろう。両手を伸ばしてつかまえようとすると、ぬるりとした感触を残して指の間から逃れ出た。少し離れてから、今度は一回転すると少年の姿になった。人を眩惑してやまない光の景観と対になった漆黒の闇に出現した素裸の少年は怪しく、戦慄する美しさだった》

「大変だったわね。寒かったでしょう」猫撫で声の囁きに、扶紫季に寄りかかってきている少年の身体がぴくりと痙攣する。美波はコートを脱いで少年に着せかける。両腕で抱くようにして全身をさすってやっている様子だ。何かしら尋常でない興奮が伝わってくる。

油に注意して低速で木造橋を渡る間、美波は運転席の方へ身を乗り出してくる。壊れた欄干と川にはまった乗用車を繁々と見比べているようだ。

「あなた、えらいわね。何年生なの」腕の中の少年に頬を寄せんばかりにして囁きかける声がねっとりしている。少年は抱擁から逃れようとする。身をくねらせてますます扶紫季の方へ寄り掛かってくる。

「五年生」ずいぶん間をおいて消え入りそうな答えが返る。

緩やかな上り勾配の道路を窪みに気を配ってゆっくり走る。前照灯だけを頼りに分け入って行く闇がひしひしとのしかかってきて、ひどく重たいものに感じられる。その重さにおさえ付けられながら漂い流されて行く格好である。

《黒々とした海の水である闇。氾濫の海へいよいよ潜り込んでゆく》思わず口を衝いて出る。少年がけげんな顔を向ける。

作物がなく土塊だけの荒涼とした畑が続くばかりだ。人家らしいものは見当たらない。少年の家は本当に存在するのだろうか。少年は忽然と闇の中から湧いて出て、またふっと姿を消してしまうのではないか。寄り掛かってきている少年の身体を少し押し返してみる。確かに、ずっしりとした重みがある。

毛布がもぞもぞ動きだす。少年はちぢこまらせていた身体をしゃんと立てる。

「ここ」はっきりした声に慌ててブレーキを踏む。

「本当にこんな所に家があるの」美波が不審の声を上げ、ぐるりを見回す。橋からかなり奥に入った丘陵地の真っ只中だ。振り返っても橋のたもとの街路灯の明かりも見えない。

室内灯が点くのと同時に毛布の動きが大きくなる。少年は薄紅色のコートを脱ぎ捨て、美波の腕を振りほどく。素早い身のこなしで美波の膝をまたぐ。あっけにとられている二人を尻目に、ビニール袋をつかみ座席から抜け出していく。

少年を見失っては大変だ。扶紫季は懐中電灯とカメラを手に、少年の後を追って急いで車外に飛び出す。冷たい闇の感触が直に皮膚にまとわりついて思わず身振るいする。頭から毛布を被った少年は昼間でも見過ごしそうな細い農道に迷わず踏み込んで行く。

「待って、私も一緒に行く。置いてけぼりにしないで」悲鳴に近い金切声と共に美波がしがみついてくる。

コートを着る暇もなく肩に掛けただけの美波の二の腕をつかむ。おぼつかない足元を懐中電灯で探って少年の後を追う。凸凹と石ころだらけの道に難渋して気ばかり焦る。ハイヒール履きの美波を引き摺っているので、少年との距離が離れるばかりである。緩やかな上り坂の闇を懐中電灯で探る。遥か前方に毛布の背中が佇んでいるのが分かる。やっと追いつけるかと足を早めるが、また何時の間にか引き離されている。同じことの繰り返しが続くうちに美波の歩行はますます鈍り身体が重くなる。とうとう少年の背中は闇に溶け込んで見えなくなってしまった。部厚い闇がひたひたと押し包んできて心細い。

《毛布を脱ぎ捨て素裸になった少年は一匹の魚になって黒々とした氾濫の海の水である闇を泳ぎ去ったのか》一瞬、白い腹の一閃が見えたような気がする。

「ちょっと一休みして」とうとう挺子でも動かぬ石になった美波はその場にしゃがみ込む。畑の境界石に腰を降ろしハイヒールを片方脱いで足をさすり始めた。

扶紫季は苛立ちを抑えきれず足を踏み鳴らす。闇に消えた少年に向かって「待ってくれ」と大声で呼び掛けるのは気が引ける。いっそ美波を置き去りにして後を追おうかと考えるが、それも出来ない。何とかして少年にこちらの異変を伝えなければならない。無闇に懐中電灯を振り回すうちに、ちらと奇怪な光景が見えた。少し先の道路脇に人間の首様のものが腰の高さほどの棒の先端に串刺しになって林立していた。おそるおそる今一度、懐中電灯を向けてみる。細い茎の上に重たそうな葉玉を載せたハボタンの群落であった。

ほっとしたものの胸の動悸はなかなか納まらない。忽然と出現した妖異な森、トカゲ顔の岡、そして今またハボタンの生首。深い闇への怯えが当たり前のものを必要以上に奇怪なイメージに結びつけるのだろうか。

いつの間にか少年が戻ってきている。ほとんど足音も聞こえなかった。気が付いた時は無言のまま二人の傍にたたずんでいた。毛布は肩まで下げ頭を出している。乱れた髪の垂れかかった顔は全く無表情だ。毛布の下からズック靴を履いた素足がのぞいた格好が寒々としている。少年が戻ってきたことで苛立ちは消えた。道端にしゃがみ込んで足をさすっている美波が急に可哀想に思えてくる。

「歩けるかい」自分でも意外なほど優しい言葉を掛け腕を差しのべる。右腕で美波の胴を抱き懐中電灯で足元を照らして歩みだす。驚いたことに、反対側で少年も美波の腕を首に巻いて身体を支えてやっている。

三人一塊でそろそろ歩くのだが、これでは何時になったら少年の家に行き着けるのか分からない。しかし、それも良いと思う。少年が逃げ去る心配はなくなった。妙な具合だが美波の柔らかい身体を抱き、その温もりを感じていられる。いっそ仕事も何もかも忘れて、このまま闇に漂いながら歩き続けていきたい。

少年と一緒に居ると闇への恐れが薄らいでゆく。一歩踏み出す毎に抜け出してきた世界から確実にとおざかり闇の深奥に近付いて行くのだと思う。身体の中まで染まりそうな漆黒の闇に洗われて闇の一部と化して行くようでもある。扶紫季の五感は研ぎ澄まされる。闇そのものの痙攣かと思えるかすかな軋み、震えに似た律動、漆黒の闇の見えぬ襞がゆらめく気配がある。

《闇の襞に隠れ潜むものたちは少年の魚が泳ぎ回るそばから、ゆらゆらと漂い出す。あるかなしのそよぎ、波動に乗って生あるもののようにゆったり行き交い群舞する》大造寺の闇に入り込んでいる。

皮膚に密着した温もりがずっしり重みを増している。美波を抱き上げるようにしていた右腕が痺れてきている。三人とも無言のまま随分歩き続けた。昇り一方だった凸凹道がようやく下り始め緩やかに蛇行する。闇に慣れた眼が下方の窪地に思いがけず小さな光を発見する。農道から逸れて径を下りきったところが農家の庭先のようだ。立ち枯れた草花や菜園らしい畝があり低い木立ちの奥に傾きかかった荒屋がある。立てつけの悪い雨戸の隙間から幾筋かか細い光の帯が洩れてきている。倒壊寸前といった格好で繋がった母屋と納屋が識別できる。納屋のトタン屋根は二箇所ばかり留金が外れて反り返っている。母屋の土壁は所々剥げ落ち納屋の板壁も隙間だらけだ。かさかさと乾いた音を立てているものがある。近付いてみると、軒下に吊したニンニクが三束、風に揺られて擦れ合っている。

少年は美波の腕を外す。二人にお構いなしに早足で納屋まで歩み寄る。身体の幅だけ木戸を開け毛布の裾を翻して素早く滑り込む。殆ど同時に大きな音を立てて木戸を閉める。拒絶の意思を改めて見せつけられ驚く。寒さを厭わず美波に肩を貸してくれたことに同情以上のものを感じた。身体を寄せ合って歩くうちに何かしら通い合うものがあるように思ったのも間違いだったのだろうか。

「あらまあ」美波が困惑の呟きを洩らす。肩をすぼめ腕をさすって扶紫季と木戸に交互に視線を走らせる。寒さと疲れに耐え切れぬといった風情である。しかし、すぐに腹を決めた様子だ。決然と納屋まで歩み寄り木戸に手をかける。

「お邪魔します」細目に開けて内側を覗き込む。しばらく様子をうかがってから勝手を知った家であるかのような自然な物腰で入り込んで行く。多少気遅れしていた扶紫季はもっけの幸いで後に続く。

薄暗い土間は鶏小屋のそれに似たすえた匂いが鼻をつく。乱雑に積み上げられた板切れや藁束、炭俵、壁に立てかけてある鍬やリヤカーが母屋からの灯火の中で見分けられる。真新しい灯油缶が一缶、宝物のように鈍い光を放っているのが眼を引く。

黒光りする母屋の上りかまちに腰を下ろした美波がそわそわと落ち着かない。扶紫季に向かって頻りに眼で何事か合図を送ってくる。美波と並んで腰掛け上半身をひねって家の中を眺め回す。天井から吊り下げられたランプの灯がすすで汚れたござ敷きの六畳一間を照らし出している。何の変哲もない荒屋だ。とりたてて妙なものがある訳ではない。扶紫季は美波の素振りをいぶかしむ。家具と呼べるほどのものはない。部屋の隅のミカン箱二つは机と本箱代わりにしているらしい。二つをくっつけ合わせて厚紙が貼ってあり、それぞれに二、三冊ずつ教科書が入っている。その上に置いてあるのはコーラ瓶の口にロウソクを詰めた手製の燭台だ。こたつ矢倉の台に散らばった鍋ややかん、食器類、積み重ねられたぼろ布団が全てである。少年と老婆の姿はないが、正面の障子戸の向こうにあるはずの小部屋にでもいるのか。少年が二人を無視して出てこなかったら、どうしたらよいのだろう。

風が強くなってきてニンニクの乾いた音が大きくなっている。扶紫季は煙草に火を付ける。今一度、貧しさを絵に描いたといいたいほどの部屋の中を眺め回す。こたつの上まできてやかんの陰に転がっているものが眼に止まる。よく見ると萎びた老婆の頭部だった。思わず腰を浮かす。指の間からこぼれた煙草が傍らのスカートの上に落ちる。叫び声をあげて美波が飛び上がり慌てて煙草を振り払う。

「合図したのに気が付かないんだから」遠慮のない叱声がとぶ。

立った位置から見直すと、こちら向きにこたつに入った小柄な老婆が顎だけ台に載せて両肩ががっくり垂れているのが分かる。疎らな白髪の小さな頭と深いしわに埋まった顔。半開きの眼は瞳が白濁していて瞬き一つしない。眼の前の騒ぎにも反応を示さず生死も定かでない。いまさら挨拶したものかどうか、しかも、その必要があるのか、判断がつかない。何ともばつの悪い妙な具合である。

障子戸を勢いよく開け放って少年が姿を現す。固い表情でちらと老婆と二人を見比べ、威圧するように肩をそびやかす。しかし、すぐ眼を伏せて二人の方を見まいとする。セーターとズボンに着替えているが発育のよい手足がはみ出してつんつるてんだ。毛布を被っていた時よりずっと大柄に見える。少年は老婆の傍に寄る。耳元に口を寄せて二言、三言囁く。脱け殻のように見えた老婆の頭が微かに動く。がっくり垂れていた両肩が僅かに上下する。少年に抱き抱えられて小さな上体がゆらゆらと起き上がる。少年は片手で積み重ねてある敷き布団を引っ張り出す。そのまま老婆を横たえ、いたわりながら上掛けを掛けてやる。老婆に寄り添った少年の四肢はしなやかで逞しい生命力に満ちている。老婆の生気を吸い取り老婆がしぼんだ分に見合って瑞々しさが際立つ図式である。

深々とした闇の底でひっそり進行する厳粛な生命の消長劇を目撃していることに扶紫季は後ろめたさを否定することが出来ない。侵してはならない領域に静謐を乱す侵入者として土足で踏み込んでしまったという思いに捕らえられ居心地が悪い。

風が出てきた。木の枝葉が揉みしだかれ、ざわざわと騒ぎ立てる。ニンニクの擦れ合う音、剥がれかかった屋根のトタン板が立てる厭な音の合奏に加えて家全体がゆらゆらとして微かに軋んでいる。風は擂鉢の底の荒屋めがけて渦巻き唸りを上げて吹き降ろしてきている。

扶紫季はトタン屋根に小石が当たるような音に聞き耳を立てる。美波も不安な顔で天井を見上げ、荒屋を包み込む物音に聞き入っている。

《闇の襞から漂い出てきた無数のむくろ達が群れ集う。生あるもののように戯れてもつれあい押しあい圧しあいして打ち当たる》

少年は二人に頓着なくミカン箱から手製の燭台と教科書を一冊取り出す。横顔を見せる格好でこたつに足を突っ込む。本を広げマッチでロウソクを点す。美波が身を乗り出した。

「へえー」感に堪えぬといった顔付きで少年に近付いて行く。少年は見つめられていることを無視して本に読み耽ろうとしている。しかし眼は落ち着きなく、文字を追っているようには見えない。頻繁に頁をめくり先へ進んでは、すぐ又後ろへ戻ることの繰り返しで上の空だ。頬を染め、こめかみに時折、苛立ちを物語る痙攣が走る。

扶紫季の中で猟犬の本能が蘇ってきている。全開になっていた五感がぎゅっと引きしぼられる。少年は頑なに無言を決め込み老婆は話を聞くどころではない。となれば、写真を一枚撮ってさっさと引き揚げるべきではないか。「寸暇を惜しむのが新聞記者ではないか」囁きが次第に大きくなる。しかし同時に、そうした考えがひどく不遜だと悟らざるを得ない。逡巡している間にも習性に引き摺られる。右手が上着のポケットをまさぐる。フラッシュ用の電球を取り出し素早くフラッシュガンに装着してしまう。

雨戸の隙間から吹き込んだ風が破れ障子戸を鳴らす。ランプが僅かに揺れロウソクの焔が消えかかる。物の影が一斉に揺らめく。

「何の勉強しているの」美波はそそくさと部屋に上がり込む。扶紫季に背を向けてこたつに入り一緒に教科書を覗き込む。少年は初めもじもじしていたが、じきに観念したように身動きを止める。

美波が顔を近付け肩を抱いても、なすがままになっている。

「一人でちゃんと勉強するなんて偉いわね」「ご両親や兄弟は」「学校まで随分遠いんでしょう」矢継早の質問攻めをする美波の方が寒さか興奮のためか、絶え間なく身体を揺すっている。

少年の脇でぼろ布団にくるまり小さな塊になって横たわっている老婆は身じろぎもしない。眼脂でいっぱいの両眼はうっすら開けたままだ。というより瞼が完全に閉まらないらしい。生と死の両岸を行きつ戻りつしながら半分は少年の声、旺盛な生命の弾ける音を聞く。あとの半分は荒屋の外の物音、氾濫の海の気配に耳傾けているようにみえる。

「父ちゃんも母ちゃんも死んだ。兄ちゃんが遠くの町の工場で働いとる」しばらく間を置いて少年はぽつりぽつり話し始める。相変わらず眼を伏せてはいるが、声と表情の硬張りが多少ほぐれたようである。

一人取り残されて、扶紫季は異質な闖入者として居坐り続けることに苦痛を覚える。帰ろうとして立ち上がった時、ふいに猟犬の本能に捕らえられカメラを構える。少年と美波が同時に顔を向けたその瞬間、シャッターを押す。強烈な閃光を浴びた二人の顔に怯えが走った。

《3》

交差点の向こうの六階建てビルの外壁からクリーム色の塗装が流れ出している。緑地の真ん中に置き忘れられた巨大なシャーベットを思わせるビル。その全体が部厚い光の層に包まれ陽炎状に燃え上がっている。ビルの周囲や交差点をクリーム色の暈が覆う。信号待ちの車の列のしんがりにジープをつけた途端、立ちくらみする。扶紫季はハンドルを握ったまま瞼を閉じてしまう。眼球がずきずき痛む。眼の奥で様々な色が渦巻いて沸騰し弾ける。

《色の渦の中心に、ぽつんと一つ白い花弁のような死魚の腹が現れる。続いて仰向けになったおびただしい魚腹がそこかしこ至る所に浮上してくる。瞬く間に様々な色は押しのけられ、一面が白い腹に埋め尽くされる。景観を席巻した魚腹に光は鈍く反射して白よりも銀色がかって見える》

後続車のけたたましい警笛に驚いて頭を上げる。信号が青に変わっており前の車は全て動きだした後である。幾度も瞬きして痛む眼をこじ開け、ゆっくりジープを発進する。華やいで劇場か百貨店とも見えるクリーム色の六階建てビル。近付いてみれば、国道に面した正面壁の窓という窓に嵌め込まれた鉄格子と屋上の無線塔が奇異な印象を与える。しかし、走り過ぎるだけの車窓から警察署という暗鬱な役所と見分けることは出来ないだろう。

廃鶏処理の町工場から早々に引き揚げてきた。美波を魚港町のバス停まで送った後、碧貝川とほぼ並行する市道を約二十キロ北上した。碧貝市の中心部にあたる官庁街の入口の交差点に差しかかった。交差点では碧海大橋を渡って西から延びてきた国道が北へ左折する。残った東側は半島の突端の岬まで続く県道である。

交差点の北側、碧貝川と国道に挟まれた城址公園の外縁に大小の建物が少しずつ距離を置いて並んでいる。一番手前の交差点角に立つ三階建てビルが扶紫季の勤めるM新聞社碧貝支局、そこから五十メートルほど植え込みが続いて碧貝警察署、消防署、市役所の順である。国道の東側は県碧貝事務所、A新聞社支局、NHK、地方テレビ局、裁判所と続く。背後には城下町の面影を残す街並みが広がっている。落ち着いたたたずまいだった中心街が奇妙にけばけばしく眼にうるさい。街路には人影なく轟音と排気ガスを撒き散らす車の列だけがひしめいている。無人の視野に白熱の光の層がのしかかる。一瞬、調査船の甲板にいるような錯覚に襲われる。車窓から注ぎ込む光は皮膚を刺し貫き身体の輪郭がそぎ落とされてゆくようだ。猛速で続け様に弾けるため静止した光量と感じさせられるほどの巨大なフラッシュ。海と陸の区別なく半島全体が閃光を浴びている。

少年のいた闇から戻ってから半島の光に過敏になっているのは確かである。一夜明けた今朝早く、支局の奥の宿直部屋で少年からの電話を受けていた時、光が耐え難いほどだった。

「夕べの新聞記者さんかね」途切れ途切れの囁きには微かな風の音らしきものが混じっていた。頭から布団を引っ被って通話器を握りしめているが、隙間から容赦なく寒気が入り込んでくる。中断された夢の続きのような気がしていた電話の声が次第に明瞭なものとなってくる。

四畳半の宿直室の冷え込みは厳しい。寝間着のまま上体を起こした扶紫季はたちまち眠気を覚まされる。掛け布団を身体に巻き付けてみの虫になる。若い支局員が毎夜交代で使う布団には獣じみた体臭が浸み込んでいる。室内が異常に明るい。部厚いカーテンの隙間から差し込んできている一条の光が襖にはね返って飛散している。鋲で襖に留めてあるカラー写真の女の裸体が半分だけ光に当たって焼け焦げている。

「わしらを写真に撮ったけど記事を書くつもりかね」長い沈黙の後、突然はっきりした声が弾けた。完全に眠気が覚めて扶紫季は慌てる。切迫した語調には、ただならぬ響きがあった。答えに窮してしきりにずり落ちそうになる布団を引っ張り上げる。

深緑色の川面に朱が走る。血を吐き出し続ける切断された首。身動きもせずうずくまる廃鶏。荒屋の老婆と重なる光景が執拗に追いかけてくる。苛立ってアクセルを踏み込み、一気に交差点から国道に入る。クリーム色の燃え上がるビル目差して支局の脇を走り抜ける。二階編集室の窓硝子に支局長の姿が見えたように思う。

何か喋らなくてはいけない。焦るが、うまい言葉は思いつかない。少年は電話口の向こうで再び沈黙を守っている。息遣いが聞こえないかと耳を澄ます。微かな雑音がしているが、少年の呼吸音ではなく梢を掠める風の音のようだ。

女の裸身を焼き焦がす光を見つめているうちに奇妙に分裂した感覚に陥ってゆく。扶紫季は確かに光の充溢する場に居る。そして電話の向こう側は昨夜のままの漆黒の闇だと思う。そうあることが何の不思議もない。むしろ均衡がとれた安定感がある。風の音と聞こえたものは闇の襞をかき分け闇から闇へと経巡る冷え冷えとした流れの音か。そうだとすれば敏捷な魚になった少年は既に闇の奥へ泳ぎ去ってしまったのではないか。

「人命救助というのは、とても立派なことだからね」呼び掛けの言葉が口をついて出る。しかし本当に言いたいこととは掛け離れたことをしゃべっていることが分かっている。

「世の中は暗いニュースばかりだろう。戦争や人殺し、汚職に公害やなんかね。どれも自分のことしか考えない大人の仕業だけど、皆うんざりしているんだよ。そういう時、寒い夜に大人でも尻込みしそうな危険を冒して人の命を助けた子供のニュースは世の中を明るくするとは思わないかい。世の中は厭なことばかりではない。こんな立派な行いもあると考えれば、一日中気持ちが爽やかになるだろう」出任せに淀みなく続く己の饒舌にへきえきする。違う、違う。自分が言いたいことはそんなことではない。支局長を怒らせてでも、原稿は破り捨てると何故一言言えないのか自問する。

写真の女は素裸に近い桃色の肌を青白い光に焼け焦がされて、にっと笑っている。寒さの故で尿意を催している。胸騒ぎがしてみの虫の格好のまま中腰になる。扶紫季は今一度聞き耳を立てる。ざわざわいう音は高く低くとおざかり、また近付く一定のリズムを繰り返している。そのリズムが胸騒ぎを煽り立てる。

「聞いてるの」職業的な取り繕いをかなぐり捨てて叫ぶ。

「記事なんか書いてもらいたくないに」跳ね反ってきた声は悲鳴に近く語尾が震えている。うろたえて受話器を耳に押し当てる。雑音は消えている。張り詰めた静寂の中で少年の心臓の鼓動が伝わってくるようだ。しかし電話はそれだけで切れてしまった。


重い硝子戸で外界から遮断された碧貝署の内部は薄暗く生暖かい空気が充満している。

次長席まで進んで後ろの署長室のドアに在室を示す札が掛かっているのを確かめる。同業者の姿はない。隠密に岡に会いに行くには好都合だ。しかし事故現場で出会った岡の顔がちらついて、どうも気が進まない。事態は既に扶紫季の手の届かない所で進展している。岡に会って何を話そうというのか。

次長の机の上の報道用の事件事故日報を手に取る。昨夜の車の転落事故は民家のぼや、車同士の衝突事故の間に挟まれて素気なく自損事故としてある。少年の救助劇には一切触れていない。杉山巡査部長に一つ借りができたことになった。

備考欄は担架で運ばれて行った顔面蒼白の若い男が右足骨折、全身挫創で全治三箇月となっている。はぐらかされた思いがこみ上げてくる。己のことは棚に上げて闇の静謐を引っ掻き回した男に腹を立てる。男は死にかけている、或いは死ぬべきだと一人決めしていたらしい。髪から雫を滴らした若い男の顔が濃い闇に明滅する。しかし、それはすぐ消えて、後から気懸かりな少年の顔がのぞく。パトロールカーの中で満身に敵意を漲らせ恥辱を堪え忍ぶように赤くなった顔だ。次々に生起した出来事の中に埋没して見過ごしていた少年の様子の異様さがはっきりしてくる。岡に会う前に、どうしても大造寺と会ってもう一度話をしたいと思う。きびすを返して二階の記者室へ向かう。

扉を半開きにして顔だけ中へ突き入れる。窓を閉め切った十畳ほどの記者室は煙草の煙が充満している。大造寺の姿はなく、地元新聞二社とテレビ局の年輩者三人が一斉に振り向く。思い思いの姿勢でくつろぎ新聞や雑誌を拡げている。一勝負終わったとみえて応接机の上に置かれた座布団に花札が散らばっている。

「大造寺君は来ませんでしたか」誰にともなく尋ねる。

「ほー、仲良し公害グループは一緒に船に乗ったんじゃなかったんかの。大造寺先生はまだおでましになっとらんよ」椅子に足を載せた小肥りの地元紙が薄笑いを浮かべる。碧貝署に来れば大造寺は必ず記者室に立ち寄る。部屋に入りたくはないが中で待つしかない。窓際の机に取材道具を置き椅子に坐る。

「海の方は収穫があったかん」地元紙の声が背中にからみつく。

「いや、相変わらず汚れがひどいだけですよ」扶紫季はさり気なく受け流したつもりである。

「それなら益々商売繁盛だの、公害屋さんは」あごの尖ったテレビ局が間髪を入れず口を挟む。

相手の土俵に引き摺り込まれると厄介だ。「観光地として売り出している半島がひどく汚染されているとA、M二紙が示し合わせて書き立ててきた。確かに汚染が全く無いとは言えないが、何処にでもある程度の些細な問題に過ぎない。報道の公正さの観点からは一方的なキャンペーンだ。観光地としての体面を傷つけられた」以前、テレビ局から市の観光課長が口にしそうな論旨で詰め寄られたことがある。

「全国紙は気楽だからの。地元民の生活なぞ知ったこっちゃないしのん、ほい」テレビ局の追撃を黙殺して窓外に眼を向ける。

窓からは城址公園の木立ちを透かして大きく蛇行する碧貝川が俯瞰出来る。川幅が河口付近の何分の一かに挟まり、その分だけ流れが早い。市街地を舐めまわして景観を押しひしいだ光はここでは川の面を青みがかった爽快な輝やきに変えている。所々さざ波を立ててうねうねと枯野を蛇行する碧貝川。鱗代わりにおびただしい光の破片を煌めかせて内海から這い上がってきた幻の巨大な生き物を見る思いだ。

農薬に汚染されながら碧貝川は確かに生きている。扶紫季の両腕には得体の知れぬ生き物の強い手応えが今もはっきり刻み込まれている。碧貝署裏の碧貝川の湾曲部には岸辺の古木の葉叢にすっぽり包まれた広い淵がある。支局の物置で見つけた玩具じみた釣り竿を持ち出して戯れに釣りの真似ごとをしていた。浮きが前触れなしに、いきなり水中へ潜った。弓なりにしなった竹竿が桜の古木の枝をかすめてぴりぴり震えている。緩やかに渦巻く暗緑色の水底へ引き込まれそうな強い引きだ。思いもよらぬ手応えに狼狽する。両足を踏んばり腕に満身の力を込める。引き上げるというより引っぱり込まれまいと懸命になっている。しばらくの間、限界までしなった竿の先が右に左に動いていたが、急に引きが弱まる。次の瞬間、水しぶきと共にくねくね暴れ回る黒白の胴体が水面から跳び上がった。扶紫季は反動で尻餅をついた。痺れたように眼を見開いて大人の腕ほどの太さで長さ一メートルはある、ぬめる光沢の胴体が水中に没するまでの逐一を見届けた。全身に鳥肌が立っているのが分かる。我に返って確かめると糸は切られていた。淵は何事も無かったように静まり返り暗緑色の水が緩やかに渦巻いている。ほんの一瞬だったが、胴体のぬめぬめとした光沢が眼の底に焼き付いている。

三年前、碧貝支局に赴任した直後だった。淵の底に引き摺り込もうとした強い力は単なる魚、生き物のものだったか。否、それ以上のもの、どんなに傷めつけられてもしぶとく持続する半島の自然の抵抗力の顕現と考えるのは大袈裟だろうか。

水量豊かな一級河川である碧貝川自体は稀釈されて農薬の濃度はさほど高くない。水中を漂い流れて行く死魚は大方支流からのものだ。淵の底に潜んだ怪物は我関せずで平然と餌を漁っているに違いない。扶紫季は想像の中で幾回となく怪物を仰向かせて死魚の群れに嵌め込んだ。河口まで流れ下らせて内海に放逐するのである。くねくねと暴れ回る胴体が弛緩してぶよぶよの棒状に伸び切った格好は洗剤の泡の塊とも見えるだろう。グロテスクで滑稽な白い腹を流れに乗せてやる。河口の漁港町まで漂い下ったところで下水口から迸る廃鶏の血をたっぷり浴びなければならない。生命の色に染め上げられたむくろである奇怪な物体は内海まで達して白熱の光に晒される。旅館の屋根や水中翼船と同様に幻のにぎわいを醸し出す色彩の饗宴に加わる。そしてじきにむくろの堆積する水底へ崩れ落ちて行くだろう。棒状の白い腹を水面に浮かべると安堵して感情の平衡が回復する。冷静になると慄然とする。怪物と見えたものはただの魚に過ぎない。瀕死の半島に残された、ささやかな自然の力すら過剰なものに感じる脆弱さを自覚する。

《俺は本当は半島の自然を憎んでいるのかも知れないのだよ。スケジュール通りに破壊が進んでいかないことに苛立ってね。都会で生まれ育ったものの身勝手さかね。公害を告発し半島の自然の保全を訴える記事を書く人間の感性がその程度のものだということは大いにあり得ることではないか》大造寺の言葉を反芻してみる。

刑事課の方角から忙しい靴音が近付いてくる。特徴のある歩き方は紛れもなく大造寺である。三人がいては話をしにくい。部屋の外に出るつもりで腰を浮かせかける。しかし床に靴底を叩きつける足音はもう扉の近くまできている。勢いよく扉を開け放った大造寺は扶紫季と眼が合うと、たじろいだ気配である。態勢を整えるといった格好で膨らんだショルダーバッグをずり上げる。怒ったような顔付でまっすぐに扶紫季の方に向かってくる。水産試験場の桟橋をぎこちなく歩いていた時より大分元気を取り戻したように見える。それでも依然として何かしら異様な気配を漂わせている。顔を上げて見守っている年輩者三人の脇を通り抜けても全く眼中にない様子で会釈もしない。扶紫季の隣の椅子を窓の方に向けて腰を下す。バッグとカメラを机の上に放り出したくましい脚を組む。窓の外に眼を落として耳たぶいじりを始める。考え込んでいるとも空けているとも見える横顔は調査船上で眺めたそれのままである。

今を逃せば、もう後がない。数時間後には朝刊早版の締切りである。如何なる状態にあろうと揺さぶりをかけてみるしかない。

「あのな、大造寺君。しつこいようだが、人命救助の記事のことで先ほど、はっきりした答えを出してくれなかった。少年の様子にも気懸かりなところがある。第一、闇の問題はどう考えたらよいのか。俺はもう原稿を書いてしまい、支局長は大きな扱いにするつもりでいる。しかし没にすることも今ならまだ間に合う。君の意見を聞いて決断しなければならない。外に出て話をしてくれないか」三人に聞かれないよう大造寺の耳に口を近付け囁きかける。大造寺がいじり回すのを止めた大きな耳たぶの中に耳垢がこびり付いている。

大造寺は無言で身動きもしない。しばらく様子を窺うが何の反応もない。扶紫季の声など耳に入らず、物思いに捕われているのに間違いない。焦りと苛立ちが扶紫季を突き動かす。

「俺が少年にこだわるのは君の病が移ったからなんだよ。俺は昨夜、君になりかわって氾濫した海である闇に浸ってきた。救急車を追いかけていって偶然飛び込んだのだが、闇と少年は君が話してくれたとおり侵しがたい神秘さの中にあった。記事を書くことが闇と少年の秘密を暴くことになりそうなのが恐ろしい。だから俺の迷いを晴らす責務が君にはあるんだよ」抑えが効かず声が大きくなってしまった。三人が聞き耳を立て興味津々に見守っているのがわかる。

大造寺が顔を向ける。眼は虚ろで人を射竦める強い光はない。端正な顔に弱々しい微笑が浮かんでいる。扶紫季は胸を突かれて言葉を呑み込む。傲岸不遜な自信家をここまで落ち込ませたものは、本当のところ何なのかと考える。美波との間に何事かが持ち上がったというだけではないのかもしれない。

《氾濫の海は俺のやけくその叫びが呼び寄せた夢幻のようなものだ。蘇れと念じても祈っても海は汚濁が進みすぎて、もう手遅れだ。それならいっそ瀕死の海よ、光の途絶えた夜、抑えつけにかかる海空の境を侵犯してしまえ。身もだえながら漆黒の闇空へ盛り上がってゆき氾濫してしまえと繰り返し叫んだ。そしたら叫びに応えるように、あるときから漆黒の闇空に向かって海が盛り上がり始めた。確かに海の氾濫が見えるようになった。そして氾濫した海である闇の中に少年の魚も潜んでいたわけだ。つまり、光にやられて脳味噌が煮詰まってしまったのかもしれないな》いま一度、酩酊の中でのセリフを聞きたい。

「あ〜あ」痩せて背の高い方の地元紙が伸びをする。

「どうも最近、ぱーっとした事件がないの。何かこう眼の覚めるようなやつが起こらんかな」

「あまりしんどい思いをせずに済む中トロのな」テレビ局が引き取る。

「お二人さん、ごちゃごちゃやっとらんで若さでひとっ走りしてきてくれんか。そこいら二、三軒火い付けてきてくれると助かるんだがの」小肥りの方がくくっと笑いを洩らす。

「しかし、あなたも変わった方ですな。少年の家に電気を引くな、テレビを贈るなとは」小柄な身体をソファーに深く埋め両掌で茶碗を包んだ岡。青白い顔を僅かに歪めて苦笑してみせる。

「褒美のことは支局長さんが私から強引に聞き出したんですから、今頃は得々として原稿を書いておられるものと思っていましたがね」粘着質の声がじわっと扶紫季を搦め取る。頭上から降りかかって来る蛍光灯の光は無数の細かい触手に似て硬張った一枚の表皮と化した扶紫季の顔を撫で回し、まとい付く。

二十畳ほどの署長室は薄緑色の絨毯が敷きつめられている。中央部に石油ストーブ、応接用の丸テーブルと椅子、少し離れて執務机があるだけのだだっ広い殺風景な空間である。しかし岡と向かい合っていると息苦しい。二人の周囲の空気が圧縮されて濃密になってゆく。薄暗がりで顔を合わせた時ほどではないが、岡の顔にはやはり不気味さがある。円テーブル上に置かれた見事な枝ぶりの黒松盆栽に見入るふりをして視線を合わせないようにしている。

岡に頼んでも聞き入れてもらえないことは初めから分かっていたのだと思う。そういう相手に大事な打ち明け話をしてしまったことが悔やまれる。こうした事態を招いた原因は支局長にある。

「卑劣なゆでダコめ」思わず呪詛が口を衝いて出そうになる。

少年の潜む闇から街に戻ったのは昨夜遅くだった。美波を自宅前で降ろしたあと街外れの下宿まで帰るのが面倒になった。日曜日で宿直室が空いているのを幸いに支局に泊まり込むことにした。

それが間違いのはじまりだったのだが。

机に向かうと考えるともなしに取材ノートを取り出し原稿用紙を広げた。骨格の単純な美談記事は見出し所の気の利いた言葉を散りばめた前文さえ出来れば後は一気呵成である。しかし原稿に打ち込み始めると、それを押し止めようとする心の働きがある。煌々とした灯火の元で闇にまつわる文字を書き連ねること自体に後ろめたさが付きまとう。原稿用紙から顔を上げる。街の灯火の向こうの暗い空を眺める。つい先程脱け出してきたばかりの闇の辺に眼を凝らす。

《氾濫した海である闇。押し包んでくる重く冷たい感触に身震いする。身悶えする闇、その襞に潜む様々なもの達の気配、闇を泳ぐ少年の魚》大造寺が夢見るような目付きで語った通りの闇とその住人たち。それこそが大造寺、扶紫季ともに本当に書きたいことなのだと思う。半島の現実と、そこからはじき出されてしまったものたちの混沌の集合体、ダイナミックな負の叙事詩とでも言えばよいか。力不足で何度試みても、その最も書きたいことがうまく書けずにきている。ありきたりの人命救助の美談記事を書くとなれば文字はそうしたものを素通りしなければならない。安全無害な型通りの人命救助劇に限定した原稿が本当に可能だろうか。取り返しのつかないことになりはしないかという怖れを抱きながら書き込みをやめる潔さもない。「まずかったら破り捨てればよい」自身に言い訳してずるずる書き進む。やっと書き上げた時は深夜になっていた。

一行十三字書きで三十行の原稿用紙五枚は中に盛り込んだ記事によって単なる紙ではなくなり、すでに固有の存在感を湛えている。扶紫季の意思に関わりなく一人歩きを始めそうな危険を感じる。朝になって水産試験場へ向かう前に今一度読み返してから破り捨てるかどうか考えようと思った。いつの間にか三階の専用住宅から支局長が降りてきていて、いきなりドアを開けて編集室に入ってきた。とっさのことで原稿を隠す暇もなかった。支局長は遠慮なく書き終えたばかりの原稿を取り上げた。口を挟む隙も与えず素早く目を通す。原稿を置くと珍しく機嫌のよい笑顔を浮かべた。「よくやった」と肩を叩かれて扶紫季は跳び上がった。足音を忍ばせて様子を見に来たとしか思えない卑劣さに腹が立った。それ以上に、そうした事態を予想し得なかった己のうかつさに切歯扼腕した。どっちにしろ後の祭りだった。

「亜逸多さんも見て来られたんでしょうが随分ひどい家だそうですな。部下から報告を受けましたが惨状が眼に浮かぶようでした。きょう日、ランプ生活が残っていたこと自体驚きですが、そんな暮らしの中で少年がけなげにお婆さんの世話をしていることが分かって不憫さもひとしおという訳です。これは何とかしてやらなきゃいかんと考えるのは人情でしょうが」言葉を途切らせた岡は大きな音を立てて茶をすする。

ランプという言葉が余韻を残して徐々にざわめきのようなものに成り変わってゆく。網膜に気に懸る鈍い光が明滅し始めている。圧倒的な外界の光ではなく蛍光灯のうるさいそれでもない。内海のめまいの光に覆い尽くされ漂白されてしまった昨夜の闇の荒屋の記憶。それが外界から遮られた堅固な警察署の建物の内部に入ったことで不意に蘇ったのだろうか。

「人命救助したことを記事に書かないで欲しいと少年から電話があったから記事は書かない。従って電気を引くな、テレビも贈るなですか。何かしら腑に落ちんものがありますな」トカゲの半眼がじっと扶紫季をうかがう。

ささやかなきらめきは次第にはっきりした形をとる。荒屋の薄暗い土間の雑多な農具の中に場違いな宝物のように光っていた真新しい灯油缶。一目見た時から何かしら気になっていたその輝きが今、明確な意味を伴って浮上してくる。パトロールカーの中でも荒屋に戻ってからも恥辱を忍ぶ風情で頬を染めていた少年。捕らえられた野獣のような、むき出しの敵意。そのかたくなな拒絶の姿勢には推し測り難い根があるように思えてならなかった。小川の木造橋の橋板に、べっとり染みついていた油。現場検証の警察官はトラックの積み荷がこぼれていたのだろうと気にも止めていなかった。だが荷台からこぼれたのなら広範囲に油滴が飛散している筈だが、その痕跡はなかった。むしろ間近から丁寧にむらなく注ぎかけたという方が自然と言えるようだ。

疑念がはっきりしていたら、大造寺への相談の仕方も全く違っていた筈だ。もっとも大造寺は相変わらず脱け殻同然の状態で取り合ってくれなかった。しまいには、うるさいといった顔付きで部屋から出て行ってしまったのだが。

「腑に落ちんと言えば、事故現場から少年の家まで約一キロほどある訳ですが、家の中にいたという少年が事故発生に気付いたということも、実にタイミングよく現場に駆けつけて救助したことも腑に落ちんと言えなくもない」岡は瞼の垂れ下った眠たげな半眼に戻り両掌の中で茶碗をゆっくり回転させている。考えを見透かされた思いで、ひやっとする。

「まあしかし、それはどうでもよいことです。その辺のところをほじくり返してみても、亜逸多さんにとっても私にとっても面白いことになる訳じゃなさそうですからな」

どうやら岡も何かしら気付いていたらしい。しかし人命救助劇を自分の為に利用出来なくなると困る。気付かなかったことにするから了解しろということのようだ。用心しないと、とんでもないことになりそうだ。元々岡が苦手なのだが、今は逃げ出したくて尻がむずむずしてくる。親子ほどへだたった齢や署員百五十人を意のままに動かす権力者の地位に気後れするのではない。疎らな頭髪、青白く小さな顔が半病人を思わせる相貌、肩章付きの制服を脱げばありふれた初老の男に過ぎない。だが向かい合って眠たげな半眼を見つめていると、抗い難い力に捕らえられ頭が痺れてくる。犯罪者に悔悟を促すような諄々とした語り口もある。意に反したことを求められても、うっかりうなずいてしまいかねない。

「まあ、少年が電話をよこして記事を書かないで欲しいと言ってきたことは、はにかみからということにしておきましょうか。とにかく、人命救助をした人間に褒美を出さないことの方が余程不自然というもんでしょう。そういう訳で、今日中に市長さんや電力会社に協力してくれるよう頼みに行くつもりだったんです。ああいう家庭が放置されていたことがおおっぴらになったら市長さんもばつが悪いでしょうが、日頃観光開発とやらにうつつを抜かして民生をないがしろにしてきたとがかも知れませんな」薄い唇の端に皮肉な笑いが浮かぶ。

「しかし、その前に、贈り物の話が本決まりになるまでは記事を書かないでいただきたいと、こちらから支局に伺ってお願いするつもりだったんです」岡は両掌で茶碗を包んだまま、ソファーから身を乗り出してくる。

「市長さんも協力しないとは言わんでしょうが、こういうことは微妙なものですから。新聞記事になった後で、万一あちらさんの都合でうまくゆかないということがあると、少年のためにも好ましくないということですわね」

岡の饒舌が煩わしい。考え事をしているふりをして眼を閉じる。闇の中に少年を探す。「やはり、そうだったのか」闇に向かって問い掛ける。敵意に満ちた眼差し、橋板に注がれた油、荒屋の納屋の灯油缶。ばらばらだったものが忽ち一つながりになって意味を主張し始める。「やはり」つぶやきに誘われたように闇の襞から素裸の少年が現れた。紅潮した顔を歪め歯を食いしばる。両足を踏んばるようにして歩いている。両腕を上げて何時の間にか右肩に載せた重そうな物体を支えている。少年は食いしばった歯の間から掛け声とも苦痛の叫びとも知れぬ声を洩らして勾配の大きな起伏を登り下りする。少年が担いでいるのは紛れもなく、鈍い光を放つ灯油缶だ。

「まあ、あなたの方から記事を書く気はないと、わざわざ教えにきて下さったんですから、こちらから伺う手間は省けました。しかし、はっきりお断りしておきます。私の方はやるだけのことはやってうまくゆくのであれば、準備が整い次第、各社一斉に共同発表という段取りになります。支局長さんの御意向だってあるんでしょうから、やはり亜逸多さんも、その時点では記事を書かないと妙なことになりはしませんかな」岡は円テーブルに茶碗を置く。手持ち無沙汰になったとみえて右手で警視正の肩章の塵を払うような仕草をしている。

扶紫季の迷いは一層深まっている。岡はうさんくささを嗅ぎつけている。それを承知の上で敢えて少年に褒美を与え報道各社に共同発表するつもりだ。これ以上頼んでも無駄だろう。どのみち少年は岡の餌食にされる。闇の荒屋から引っ張り出されて揉みくちゃにされてしまいそうだ。今、少年の哀願をしりぞけてでも当たり障りのない記事にしておくべきなのだろうか。いきなり大騒ぎの渦中に放り込まれるより幾らかでもましと言えるのか。蛍光灯の皮膚にまつわるうっとうしさが一段と増す。円テーブルの真っ白なクロスの中におびただしい魚腹が見え隠れし始める。光が視界を席巻する。白熱の閃光が皮膚を刺し貫く。身体中がきりきりと光の渦に巻き込まれる。めまいがして眼を開けていられない。扶紫季は応接椅子の背にぐったりもたれ掛かる。

「しかし何ですな、亜逸多さんも隅に置けませんな。昨夜、事故現場でお会いした時、ジープにきれいな女性を乗せておられましたな。いや、お楽しみなことで。実際、若いうちが華ですわ」頭の頂から爪先まで電流が流れ、扶紫季は成す術もなく顔を赤くしている。

《4》

海鳴り様のとどろきに包まれた闇の底で大きな魚を一匹つかまえた。闇に溶け込んだ全身を撫でさすり唇を押しつける。四肢をからめて張りつめた皮膚の滑らかさを貪る。魚は微かに身をくねらせて吐息を洩らすが、されるままになっている。時折、柔らかな凸凹を震わせて腕の中から逃れ出ようとする。両腕に力を込め捻じ伏せてからめ取る。しばらく腕の中でじっとしているが、直にまた逃れ出て行こうとする。生身のぶつかり合いの繰り返しから生じる熱い渦が張りつめた闇を撹拌する。

波動に誘われて闇の襞から仰向けになり白い腹を晒した小魚が一匹湧き出してくる。白い腹は微動もせず闇に漂っている。死んだふりをして波動の源を窺っているらしく目玉だけが動く。危険を察知すれば一瞬のうちに身を翻せるだけの力を全身に漲らせている。最初の一匹が見張り役だったのか、一匹また一匹、後に続く。見る間におびただしい数が湧き出した。

思わず大きな魚を抱えていた腕を伸ばしてつかみかかる。その度、魚体をふるわせて、ぬるりとした感触を残して一匹一匹指の間から逃れ出て行く。魚達は手の届かぬ所まで離れると、再び白い腹を上にして静止する。あたり一面に仄白いものが浮かぶ。有るか無しのそよぎ、流れのままに緩慢にくっついたり離れたりするのが戯れ合っているようだ。やがて一塊になり漂い始める。吹き寄せられた花弁、花筏と見紛う妖しい華やぎが闇に一条の帯をかける。

「これ以上、こんな所ではいやよ。ねえ、電気を点けて」低いがきっぱりした声に驚いて、闇の魚達は再び反転する。大慌てで闇の襞に姿をくらました。腕の中で柔らかな肌の量感が膨らむ。滑らかな凸凹をまさぐる手を休め闇に溶け込みながら確かな存在感に満ちた裸身を抱き続けている。

遮音硝子を部厚いカーテンで仕切った室内の闇に易々と押し寄せてくる大型トラック群の地響き。

既に身体のリズムの一部と化した間断ないとどろきが眠気を誘う。石油ストーブの暖房が効き過ぎて身体が火照っている。

「人が来るといけないから、早く電気を点けてよ」肘で小突かれて、ようやくのことで虚脱した身体を起き上がらせる。電気を点けることで見失うものを数え上げる。ためらいながら手探りして壁際まで歩み寄る。スイッチを捻る。暗闇が吹き払われるのと同時に白い腕が素早く動いて裸の胸を隠す。美波は横たわっていたソファーから急いで起き上がる。頬を染め照れ隠しの険しい表情をしている。片腕で胸を隠しながら、めくれ上がったスカートを引っぱり降ろす。もどかしそうに下着や服を寄せ集めている。黒色のカーテンを背にした上半身の裸体には、魚達の白い腹が一塊になって出現したほどの眩しさがある。日中たっぷり吸収した白熱の光が体内から滲み出してくるかのようだ。

「あんまりじろじろ見ないで。服を着る間、向こうを向いていてくれない」扶紫季は美波に背を向けてソファーに坐り直す。裸の上半身にシャツを着ける。眼球の芯に堆積している光の破片が神経を刺激して慢性的な痛みがある。瞼を無理に押し広げては固くつむって揉みほぐす。五回、六回と同じ動作を繰り返す。

編集室の眺めは大学図書館の書庫のそれに似ている。床から天井まで幾層にも仕切られた書架が四方の壁の大方を塞ぐ。各層に乱雑に詰め込まれた本、資料や切り抜き帳。部屋の真ん中に向かい合って一塊になった十脚の机上も同様である。支局員は四人だけなので空いている机はどれも崩れ落ちそうなほど資料が積み上げられている。長年月放たらかしのため埃を被り、はみ出した紙片は茶色く変色している。部屋全体にかび臭い匂いが立ち込めているのも書庫と同じだ。扶紫季の机の書類立ては各年度毎の県水産試験場の内海底質調査報告書、保健所の井戸水調査報告書、農薬便覧ではち切れそうだ。そして書架の一角を占める二十冊近い公害記事の切り抜き帳。一ページ一ページに自分の足と眼で確かめた半島の様々な汚染の実態が克明に記録されている。三年間でそれだけの量になったのだが、今はそれがとてつもない徒労の集積に見える。

《半島の住民の大方が公害に無関心というより、自ら平然と汚染源になっている、そのことに単に絶望したのではないのだよ。汚染されるものと汚染するもの、死ぬもの、生き残るもの、死ぬことも出来ず悶え苦しむもの、泰然と緩慢な集団自殺の途を辿るもの。そうした白熱の光の中に溶解してしまいそうな半島の現実と、その現実をなぞろうとして文字に置き換えた記事との間の微妙だが決定的な差異、本物と贋作との違いとも言えるほどの乖離に俺は気付いてしまった》大造寺自身が光にやられて自分を見失ってしまったのだろう。仕事熱心だったのに最近は殆ど記事を書かない。大造寺を真似ている訳ではないのだが、扶紫季もまた脳細胞を光に透過されて思考がぼんやりするばかりで以前のような情熱を失ってしまった。半島の汚濁の現実を暴こうとする余所者は住人の敵意に怯むことはなくても、事物をゆがめてわけのわからないものにしてしまう光によって押し潰されるのか。

かび臭い匂いが一段と強くなった。死魚、奇形魚、大量死した野鳥、汚濁の水。切り抜き帳に閉じ込めた活字の屍の膨大な堆積。そこから流れ出る死臭によって支局も既に廃墟の様相を呈しているかもしれない。

時計は午後十時少し前。早版の締切り間近である。ソファーから立ち上がる。もうぐずぐずしてはいられない。頭をすっきりさせなければならない。茶を用意するため湯沸室に入る。大造寺があてに出来ない以上、頼りは美波だけだ。実際に原稿を読ませれば、美波も考えを変える可能性がある。変わらないとしても、読ませた上で話し合わなければならない。そこで結論が出れば迷うことなく行動を起こすだろう。記事にすべきでないとなれば、支局長にどんなに怒られようが、原稿を破り捨てるのみだ。やはり記事にした方がよいのであれば、原稿は即刻ファックスにかけ写真は電送すればよい。いずれにせよ、あと三十分くらいの間に決めなければならない。

ガス台にやかんを載せて沸騰するのを待つうちに、ふと壁に嵌め込んである鏡に気を取られる。鏡の中の男がじっとこちらを窺っている。何事か問い掛けたそうにしている。否、そう見えるだけで、実際はぼんやり眺めているに過ぎないようだ。男は若く皮膚は脂ぎっており髪の毛はごわごわで所々寝癖がつき逆立っている。精悍とはいい難い虚ろな眼差しが己のものという実感がない。

「亜逸多おるか」編集室に濁声が響きわたる。怯えを浮かべた眼が二度、三度、鏡の中で瞬きする。扶紫季は弾かれたように湯沸室から飛び出して行く。

ソファーの傍で上着のボタンを掛ける手を中断した美波が棒立ちになっている。血の気が引いた頬が引きつっており、神経の震えが伝わってきそうだ。

「亜逸多、どうした、おらんのか」美波になだめの言葉を掛けるより早く、再び濁声が炸裂する。専用通話器に飛びついて、まず音量を絞り通話スイッチを捻る。

「居眠りでもしとったのか、遅いぞ」長々と続くと思えた叱責はそれだけで終わった。

「本社の支局長会議が遅くなった。今夜は女房も一緒にこっちのホテルに泊まるからな。留守番しっかり頼んだぞ」

「それからな、例の少年の人命救助の原稿だが、俺が本社に持ってきた。お前が愚図だから褒美の件は俺が書き加えておいたぞ。岡の思惑なぞ糞くらえだ。あいつだって結局は、よくぞ書いて下さいましたと感謝することになるんだ。本紙出稿デスクもご満悦だ。幸い大きな事件事故がないので本日組み込みの朝刊社会面のトップに扱ってくれるそうだ。後でお前からも礼を言っておけよ」いやに上機嫌な口調に変わったが、すでに酒が入っているのだろう。

通話スイッチを切るのももどかしく己の机へ飛んで行き引出しを開ける。やはり原稿はなくなっている。原稿用紙五枚の束は昨夜支局長が読み終わったあと、輪ゴムを掛けて束ねておいた。美波の部分を切り落としこたつに入った少年だけにした写真も一緒に挟んでおいた。

「仕方がないじゃない」美波はすぐ側で両腕を組み扶紫季を見下ろしている。怯えの色が嘘のようで、堂々としている。身繕いは済んでいる。扶紫季の腕の中でぬらぬらとくねっていた裸体は完璧に隠蔽されてしまっている。

「あなたが原稿を破り捨てたところで、警察の署長さんがいずれ各社に知らせてしまうというのでは、どうにもならないものね」遠いものを見る眼付きで壁の一点を凝視している。

「でも、少年が橋の上に油を撒いたなんて、少し想像が逞まし過ぎないかな。一体なんのために、そんなことをしなければならないの」

椅子に腰を降ろして眼をつむる。間髪を入れず漆黒の闇に語尾が震える哀願の声が歌声のように木霊し始める。顔を真っ赤にして髪を振り乱した少年の裸形があえぎながら動き始める。

「明朝の新聞に記事が載ると、少年はどうなっちゃうのかしら。本当に油を撒いていたとしたら。いたずら、それとも何かしら後暗い動機。それなのに人命救助のご褒美などもらったら良心の苛責に耐えられないということかな」

裸の肩に担がれ鈍い光を放つ石油缶が音にならない音を立てる。あえぎと筋肉の震え、滴る汗、歯を食いしばり真っ赤になった顔。闇の起伏を昇り降りする度、しなやかな裸形から強靭な力が噴出する。その光景を誰かに見られはしないかと扶紫季ははらはらする。

「いたずらなどではなく、闇の静謐をかく乱する侵入者への敵意からだとしたら」思いつきを口にすることなく飲み込んでしまう。

「だいたい、どこで脱線してこんなことになってしまったの。あなたが悪いのよ」突然の方向転換で突きつけられた矛先に扶紫季はうろたえる。

「『今日は支局長が本社に行き遅くまで帰ってこない。宿直当番なので夜、支局には自分しかいない。少年の件が妙な具合になってきたので、今一度相談したい』と家に電話があったから、今度は母に夜の勉強会に行くと嘘をついて出掛けてきたのよ」喋るうちに顔が赤くなり、ぷいと横を向く。

支局の駐車場へ勢いよく飛び込んできた車が乱暴なブレーキの音を立てて急停車する。ドアの閉まる音がした後、大股の靴音がこちらに向かってくる。駐車場から玄関に入り階段を上がってくるのが随分ゆっくりだ。時々靴音が乱れるのが分かる。二人は顔を見合わせる。いつものせかせかした歩き方ではないが、靴底を地面に叩きつけるのが大造寺に違いないと思う。話し掛けても避けるようにしていた大造寺が今何故やってくる気になったのだろう。闖入者はドアの把っ手を乱暴につかんでがちゃがちゃ音を立てる。錠が掛かっていることが分かったとみえ、今度は力まかせにドアを叩きだす。美波は落ち着かな気に髪に手をやり大急ぎで服の乱れを点検する。突然、良いことを思いついたという顔付きになる。ハンドバッグを引っつかみ小走りに洗面所へ入ってしまう。

錠を外してドアを開ける。入口を塞ぐほどの巨体がよろけながら雪崩れこんできた。淀んだ部屋の空気に心地よい冷気と強い酒の匂いが入り混じる。僅かに赤みがさした白い顔面が脂で光り癖のある髪が乱れて額に垂れかかっている。先程、鏡の中に見た顔そのままの虚ろさに胸を衝かれる。大造寺は中身が三分の一ほどになったウイスキーの罎を右手に下げて上半身をゆらゆらさせて突っ立っている。陰鬱な眼差しで部屋の隅々まで眺め回す。ソファーの上の薄紅色のコートを発見したようだ。身体をしゃんと立て無言のまま凝視する。顔面の僅かな赤みが消えて蒼白になった。

「やっぱりここだったのか。彼女の家の前で何時まで待っても帰ってこない訳だ」

「きさま、抜け駆けしやがったな」だしぬけにわめき始める。冷静沈着で洗練された身ごなしの日頃の大造寺からは想像出来ない逆上ぶりだ。巨体が意外な敏捷さで半回転する。同時に左手を振り上げて殴りかかってきた。身をかわそうとしたが及ばず扶紫季は右顔面に強烈な一撃を受ける。身体が宙に舞い床に叩きつけられる。顔面は火が付いたように痛み頭がくらくらする。突然の衝撃から立ち直れず、そのままの格好で頬を押えている。次の攻撃から逃れなくてはと考えるが、身体が思うように動かない。左手でこれだけの威力なら右手のウイスキー壜でやられたら、ひとたまりもないだろう。仁王立ちになった大造寺を見上げて他人事のように考えている。

「やめて、やめて」洗面所のドアを開け放って美波が飛び出してきた。

「何ていうことをするの」二人の間に割って入った美波は大造寺に向かって金切声でまくし立てる。

「そんなに殴りたいなら私もおやんなさい。さあ、どうしたのよ」美波の見幕に気圧されて巨体が大きく揺れる。飼主に叱られた犬のように見る間に威圧感がしぼんでゆく。ウイスキー壜を机に置いた大造寺は両手で顔を覆いソファーに向かって二、三歩よろめき歩く。腰を降ろそうとしたが、薄紅色のコートがあることに気付いて慌てて飛びのく。一呼吸置いてから大儀そうに向かい側のソファーに移って行く。

「抜け駆けですって。一昨日の夜、藪から棒に私の家に押しかけてきたのは誰なの」扶紫季は痛みも忘れて上体を起き上がらせる。床に手を突いて大造寺と美波を繁々と見比べる。調査船上での異様な挙動、ことに桟橋の美波を見付けた時の大造寺の狼狽はただ事ではなかった。やはり二人の間にのっぴきならない事態が持ち上がっていたようだ。

「この人、私に結婚して欲しいなんて言ったのよ。からかわれていると分かったから、馬鹿にしないでって怒鳴りつけて追い返してやったけど」大造寺と扶紫季を交互にねめつけた顔から湯気が立ち昇りそうだ。

「パーティーであなたと踊っていた綺麗な人が婚約者か恋人だっていうことくらい、私だって初めから察しはついていました。もう一度言っておくわ。A社きっての幹部候補生で大秀才だか何だか知らないけれど、私が田舎者だからといって愚弄したら許しませんからね。性懲りもなく、今夜も私の家の前で待っていたなんて」

それならば大造寺は本気で美波に結婚を申し込んだに違いない。扶紫季は直感した。美波との初めての出会いで扶紫季を襲った衝撃はそのまま大造寺のものでもあったはずだ。婚約者がいるかいないかなど問題ではなかった。灯火に群がる蛾のように、美波を見た瞬間に引きつけられたのは、扶紫季も同様だった。美波に出会ってから変調をきたしたことも二人に共通しているが、大造寺の逸脱の深刻さを知って扶紫季は胸が苦しくなる。

ダンスパーティーはA社の支局での毎年恒例の行事である。当日、招待されていたため出掛けはしたものの、扶紫季は踊れなかった。部屋の隅でグラスの酒を舐め舐め軽快な音楽に合わせて踊る十数組の男女を眺めているしかなかった。大分遅れて部屋に入ってきた女を見た途端、背筋を悪感とも快感ともつかぬものが走り抜けた。服装は地味で化粧もしていないのだが、全身が不思議な輝きに包まれていた。妖しい華やぎに吸い寄せられそうになる。同時に冷たい手で心臓を摑まれたような戦慄がある。眼が合わぬように視線を逸らせたのだが、動揺は収まらなかった。後で美波と分かったその女はすぐに誘い込まれて踊りの輪に加わった。軽やかにステップを踏む女達の中で美波は際立っていた。単に美醜の問題ではない。部屋を照らし出す灯火とは別の何かしらの光が美波にだけ届いているように見えた。踊る身体の位置や向きによって微妙に強弱のついた輝きを眺め続けているとめまいがした。

そのうち、婚約者と踊っていた大造寺の動作の奇妙さに気付いた。ゆっくり円舞しながら顔は常に美波の方を向いている。腕を組み腰を抱いた婚約者の肩越しに憑かれたように美波の姿を眼で追っている。大男だけに嫌でも眼についてしまう。美波に届いている不思議な光の存在に大造寺も気付いていると思った。

眼前の大造寺は依然両手で顔を覆い背を丸めてソファーに腰掛けている。巨体の威圧感は完全に失せている。逆に空間に人間の形をした穴が開いているといいたいほど存在感が希薄だ。一時的にもせよ、脱け殻のような巨体から凄まじいエネルギーが噴出したことが意外だった。殴られたことに恨みはない。奇妙なことだが、その怒りが自分のものでもあるような気がする。大造寺と己の間の一卵性双生児のようなつながりを意識する。

《内海が見渡す限り死魚の白い腹で覆われている。雪崩れ落ちる光と、ひしめき合う魚腹の一つ一つから乱反射した光と光がぶつかり合いせめぎ合って渦を巻き燃え上がる》眼は見えず動かすべき手足は既にない。身体が溶け出して光の中に半ば消えかかっている。それでいて光が極度に強まっていること、その光の故に己が消えかかっていることも、調査船を取り囲む魚腹の様子も承知している。船の移動を阻むほど蝟集《いしゅう》していては、まだ幾らか力が残っているやつも、くるりと反転して逃れるといった芸当を見せようがない。愉快になって笑いかけると、溶け出している筈の右頬が猛烈に痛む。同様に半ば溶けかかっていた作業班長が無い指を突き出して鉄爪を引き揚げるワイヤのスイッチを捻る。静寂を破る金属の擦れ合う鋭い音が悲鳴に聞こえる。

「起きて、さあ起きて、電話よ」肩を揺さぶられる。頭がぼんやりしていて気分が悪い。遥かな別世界から、いきなり連れ戻された具合である。確かに眼は開いており手足は動き身体を起き上がらせている。しかし自動的に動いているだけで、自分のものとは言い難い。周囲を見回すと、薄紅色のコートが置かれていたソファーに美波と並んで腰掛けている。向かいのソファーに横たわった大造寺が鼾をかいている。寝ている最中も指を耳に突っ込んでいるのがおかしい。大造寺が残したウイスキーを飲み濡れタオルで頬を冷やしていたのだ。何時の間にか、うとうとしていたらしい。美波が取り上げてくれた通話器をソファに坐ったまま耳に当てる。人声はせず、微かな軋み様の音が伝わってくるばかりである。耳を澄ませて聞き分けようとするのだが、その音も次第に不明瞭になってゆく。少年に違いない。今朝と同じく、人命救助の記事を書かないで欲しいと哀願を繰り返すつもりなのだろう。今となっては、もうどうすることも出来ない。しかし、それを何と説明したらよいのか。

「新聞記者のおじさんは特ダネが欲しいんだら」地の底から湧き上がってくるようなくぐもった声がやっと発せられた。細大洩らさず聞き取ろうと神経を集中するが、再び沈黙に戻ってしまった。

「特ダネをおじさんだけに教えてやるに。特ダネを教えてやるに、おらのこと新聞に書かんでおくれん」長い沈黙を破った声はかすれている。

「婆ちゃんを、うちのばあちゃんを殺した」かすれ声が消え入るようになる。終わりの方は聞き取りにくかったが、確かに「殺した」と聞こえた。思わず聞き返そうとする。しかし電話を切る音の方が先だった。「殺した」という声の響きが胃の底に沈んで重苦しく圧迫する。寄りかかってきて通話器に耳を押しつけていた美波が上体をのけぞらせて机の上に通話器を戻す。

「殺したなんて馬鹿なことを。でたらめに決まっているわよ。それにしても益々妙なことになってきたわね。どういうことなんだろう」

漠然と危惧していたものが具体的な形をとって現前した。それが何であれ原因は己にある。頭が痺れたようになり体中の血が逆流しそうだ。扶紫季はじっとしていられず顔面の濡れタオルを押えて立ち上がる。酔いが回っており足がわずかに乱れる。石油ストーブの熱気が不快なほどになっている。

「すぐ行きたいところだけど、酔っ払い運転はだめ。もう少しあなたの酔いが醒めてから出掛けましょう。家には友達のところに泊まると電話しておいたから大丈夫よ」美波は膝の上に置かれていた本を取り上げ何事もなかったように頁をめくり始める。

《5》

鷗の影が頭上をかすめた。顔をしかめ眼を細めて仰ぎ見るが痕跡もない。層毎の微妙な濃淡の差異の故に小刻みに揺らぐ光をそれと錯覚したらしい。

漆黒の闇の中を三人そろって少年の家まで歩いた緩い勾配の頂から内海全体を見おろすことができる。少年の家が内海の真近にあったのは意外だった。漁港町の豆粒ほどの家並みにのしかかる光。漁港町へと広がってゆく視界に幾層にもわたって立て込む光。多重の照射によって家並みのあたり一帯が溶け出し白い炎を上げている。夢で見た光景がそのまま持続している。反対側には半島の自然破壊の記念碑然として集合煙突が内海をへいげいしている。しかし一段と強くなった光にあぶられて巨大な赤と白のだんだら縞も半ば流出しかかっている。中空にそびえたまま崩壊の兆があり今にも破片が降ってきそうだ。

高所から見下ろした内海は錦紗のとてつもない一枚布だ。沿岸の緑の帯に点在する種々の色彩は縁取りの宝石になっている。ヘドロの暗灰色を映している海面はおびただしい光の破片を織り込んで複雑な陰影の模様を形造る。加えて所々にヨットの帆がアクセントをつける。豪奢な一枚布は渦巻き燃え上がる輝きが眩しくて長く見つめていることは出来ない。調査船とマストの小旗、ヘドロの海底から死貝を掴み上げた鉄爪。昨日その上に浮かんでいたものはくすんだしみ程度のものだったろう。眼下に広がる光景が氾濫の海と同一のものだとは信じられない。

畑地が下降を始める。永い間放置されていたのだろう、土の表面は固く畝は崩れ申し訳程度に凸凹があるばかりだ。荒涼を感じさせる筈の光景がここでも過度の明るさの故に奇妙な華やぎを振撒く。それでいて次の瞬間にはグロテスクなものに変容しそうな不気味さを孕んでいる。畑地の到る所に取り残された根元で切断された作物の茎の残骸。その鋭い切先が脆弱な景観を裏側から大地に繋ぎ留めた鋲となっている。鋲を外して、この景観を引きめくれば、何かしらおぞましいものが飛び出してきそうだ。

「あそこよ、あった」美波が指し示す一筋の径のどん詰まりに蟻地獄さながらの大地の窪みがある。少年の性毛ほどの疎林の緑と地べたにへばり付いた荒屋が見えている。

「何だか怖い」薄紅色のコートの裾が海からの風でふわっと舞い上がる。

《大造寺ならば》つぶやきかけて右頬に手を当てる。腫れは引いたが痛みはまだ残っている。《光に押し潰され惨めさがむき出しの荒屋で何が起きたのか、大造寺よ、君であれば言い当てられるのではないか》幾度つぶやいても何も聞こえてこない。寝ているのをそのままにしてきたが、今頃は支局のソファーの上に人型の空間を残して消え失せているのかもしれない。

頭の中が空になっている。空というより、白熱の光がいっぱいに詰まっている。光が身体の内、外で等量になっており己の輪郭が曖昧だ。大造寺ともども光の景観の中にふっと掻き消されてゆきそうだ。

「あなた、変な癖が移ったんじゃない。耳たぶをいじるの、見苦しいからやめなさいよ」薄紅色がさあーっと流れあたりを染める。腕組みをして美波が行きつ戻りつしている。石ころ道を危なげなく歩む足元がコートの色に合わせたローヒールであることに気付く。薄紅色の中心に位置する美波の白い顔は光を食べる植物の果実さながら、のっぺらぼうの光の房である。少し向きが変わると、光沢の中から広い額とかげりのない大きな眼、物にぴったり吸い付いてしまいそうな形のよい唇が立ち現れる。数時間前に貪ったその滑らかな感触を思い出そうとする。しかし鮮明過ぎて肉感が抜け落ちている。

《半島の景観を押しひしぎ汚濁の現実を覆い隠してしまう光。そして、その光を浴びて一層輝やく美波》同じ光によって大造寺も扶紫季も調査船の作業班長同様に溶け出すだろう。

夜明け前に支局を出てから大分経っている。今頃は玄関に少年の人命救助の記事が載った新聞が投げ込まれている。「人命救助の少年に電気のご褒美」「大人も顔負け、裸で厳寒の川へ」社会面の大見出しが眼に浮かぶ。こたつに足を突っ込んで不安気な眼付きでこちらを見つめている少年の写真はどれ程の扱いになっているのか。

「そもそも私達が少年の家に押しかけて行ったのがよくなかったのかな」独言めいたつぶやきを残して美波が歩き始める。「怖い」と言ったことを忘れたように自然な足取りで径を下って行く。

ぼろ布団にくるまった小さな身体は廃鶏そのものだ。夏蜜柑ほどのしなびた頭部は微動もしない。半開きだった眼は完全に閉じており、しわの一部になってしまった。天井から吊り下げられたランプの火は消えている。黒ずんだ破れ障子に打ち当たる光が煤で汚れた室内を仄明るくしている。机代わりの蜜柑箱、こたつと矢倉台上のロウソク立て、開いたままの教科書。少年が不在であることを除けば、何もかも昨夜訪れた時のままだ。疑念の元となった灯油缶も納屋の薄暗い土間で何事もなかったように鈍い光を放っている。今日再訪するまでの間、時間は扶紫季の中を目まぐるしく通り過ぎていった。荒屋はそれとは別の時間に属していたのだろうか。

「やはり少年はいないな。一体どこへ行ってしまったのかしら」美波は障子戸を乱暴に開け放ち隣室を覗き込む。

闇の静謐をかき乱すものへの憎しみ――やはり、そう考えるのが妥当なのか。少年は相当追い詰められていたようだ。あれだけの懇願が退けられて紙面に載ったことを知ったら少年はどんなにか憤ることだろう。

「人命救助の記事が載った新聞が出たと同時にお婆さんは死に、少年は消えてしまった。皮肉な話だけど、これは大騒ぎになるわね。もう間もなく、あなたの記事を読んだ各社の記者がここへ押しかけてくるでしょう」遠くの方で話し声がしたような気がして耳を澄ます。木の梢が風に揺られてざわめいている。トタン屋根は軋みニンニクが擦れ合う。聞き覚えのある音の中に異質なものは紛れ込んでいないようだ。

「本当に死んでいるのね。でも少年がお婆さんを殺したなんてことはあり得ないわよ。元々お婆さんは生きているのか死んでいるのか分からないような状態だったのだから。自然死と考える方が無理がないのではないかな」枕元に坐り込んだ美波はハンドバッグから白いハンカチを取り出す。両手で広げて、そっと老婆の顔にかけてやる。

扶紫季は恐る恐る老婆に近付いてぼろ布団を剥ぐ。細い腕をひっぱり出し脈を取る。次に厭な匂いの漂う綿入と寝間着の胸元をはだける。ざらざらした皮膚に温もりはない。伸び切ってたるんだ沢庵大根のような乳房を押しやる。所々しみの浮き上がった胸に耳を当てる。縮まって小さな物体になってしまった老婆の身体。閉じてしまった眼には昔の半島の力強い自然の景観が無尽蔵に焼き付いている筈だ。その記憶も小さなむくろと共に葬り去られてしまう。そして何事かが完了する。

ニンニクの擦れ合う音、トタン屋根の軋みが大きくなった。扶紫季は廃鶏のむくろに似た老婆の胸に耳を押し付けたままでいる。切断された首から溢れ出し深緑色の川面を朱に染める血液を思い描こうとする。廃鶏の生命の名残りの血が老婆の体内にも流れていないかと耳を澄ます。

《黒々と満ちていた潮が引いて行く。漆黒の闇と一緒に無数のざわめきが退散して行く》引いて行く黒い海が扶紫季の中を通り過ぎる。扶紫季は闇の一部と化して行く。闇に魚体の閃きが走る。一閃、二閃、三閃。少年の魚はやはりそこに潜んでいた。素晴らしい勢いで泳ぎ回り跳ね回るので、闇の至る所に閃きがナイフの切り口のように刻印される。泳ぐだけ泳ぐと、一緒に遊ぼうよとでも言いたげな様子で白い腹を上向けて近付いてくる。素知らぬふりをして出来るだけ近くまでおびき寄せる。いきなり両手でつかみかかる。少年の魚は眼にも止まらぬ素早さで掌から逃れ出る。ぬめる感触だけがまたも残された。魚は充分にとおざかった所でぴたりと止まる。半回転して元に戻ると胸鰭を動かしておいでおいでのような仕草をする。それも一瞬のことで、再び闇の襞から襞へ泳ぎ回る。

《少年は氾濫した海である闇と共に退散してしまう。しかし何処まで引いて行っても、その闇と己は電話一本で繋がっている。少年は新聞に記事が出たことを怒るに違いないが、それでもまた闇の中から電話をかけてくるだろう》

「少年がまた電話をしてくるですって」いぶかしそうな眼付きで美波が見つめている。

「ねえ、何時までそうやってお婆さんの胸に顔を付けているつもりなの。気持ちの悪いことをするのは止めてちょうだい。それから何か妙なことまで口走っていたけれど、あなた、大丈夫なんでしょうね。大造寺さんも変だし、あなたまでおかしくなったらいやよ。いずれにしても、少年がまた電話をかけてくるなんてこと、私には考えられないわ。最悪の事態だってあり得るのに」

扶紫季ははっとする。この場に大造寺の存在が欠けている。大造寺が夢幻の中で呼び寄せた闇が退散していく。その闇には少年と一緒に大造寺も混じっていなければいけない。大造寺もまた白い腹と黒い背を交互に入れかえる魚になって闇に閃きながら少年と共に泳ぎ去っていくのでなければならない。

《大造寺よ、早く来い、間に合わせろ。まだ間に合う。君の視界から逃げ出した少年に今度こそ会

える》

ニンニクとトタン屋根の音が一段と激しくなった。庭に向かった破れ障子戸が音を立てて風が吹き込んでくる。美波が立ち上がり障子戸に手を掛ける。扶紫季は思わず顔を上げる。「待ってくれ」口をついて出かかった言葉を呑み込んでしまう。立てつけの悪い戸に難渋していた美波は焦れて満身の力を込める。障子戸が一気に引き開けられた。美波の輝きが極大になり半島の光と等しくなった。一瞬、漆黒の闇が見え、確かに少年の魚と大造寺の魚が閃くのが分かった。土埃と共に巨大な閃光が走る。荒屋が震える。凄まじい光の奔流が押し寄せる。一瞬のうちに扶紫季も闇も掻き消された。

【著者略歴】

**重川　治樹**（しげかわはるき）

一九四四年生まれ。早稲田大学大学院政治学研究科修士課程修了。毎日新聞社入社。一九八五年離婚、2児を引き取り父子家庭を始める。父子家庭から見えてくる危機的な社会的問題について講演や執筆を続ける。

男性問題に警鐘を鳴らす『シングル・ペアレント』（光雲社）、『居場所を取り戻そう、男たち』（東京女性財団）、『父子家庭が男を救う』（論創社）を上梓。

在職中に、東京都国分寺市および台東区の男女共同参画審議委員、ニキ美術館顧問などを務める。定年退職後は、フェリス女学院大学非常勤講師。

現在、さいたま市南区のヘルシー・カフェ「のら」の厨房でボランティアを続ける。

岩棚のにおい

2017年3月30日　初版第1刷発行

著　者　　重川 治樹

発　行　　㈱アーバンプロ出版センター
〒182-0006 東京都調布市菊野台2-23-3-501
TEL 042-489-8838　FAX 042-489-8968
URL http://www.urban-pro.com　振替 00190-2-189820
印刷・製本　シナノ

　ISBN9784899812715 C0093